작은 아이들의
큰 이야기

작은 아이들의 큰 이야기

발행일	2023년 10월 10일

지은이	박시은, 박준한, 이준서, 임규민		
펴낸이	손형국		
펴낸곳	(주)북랩		
편집인	선일영	편집	윤용민, 배진용, 김부경, 김다빈
디자인	이현수, 김민하, 안유경	제작	박기성, 구성우, 배상진
마케팅	김회란, 박진관		
출판등록	2004. 12. 1(제2012-000051호)		
주소	서울특별시 금천구 가산디지털 1로 168, 우림라이온스밸리 B동 B113~114호, C동 B101호		
홈페이지	www.book.co.kr		
전화번호	(02)2026-5777	팩스	(02)3159-9637

ISBN	979-11-93304-83-9 03810 (종이책)	979-11-93304-84-6 05810 (전자책)

(주)북랩 성공출판의 파트너

북랩 홈페이지와 패밀리 사이트에서 다양한 출판 솔루션을 만나 보세요!

홈페이지 book.co.kr • **블로그** blog.naver.com/essaybook • **출판문의** book@book.co.kr

작가 연락처 문의 ▸ ask.book.co.kr

작가 연락처는 개인정보이므로 북랩에서 알려드릴 수 없습니다.

작은 아이들의
큰 이야기

읽고 쓰는 삶의 기쁨을 아이들에게 선물하다

박시은
박준한
이준서
임규민

🐋*북랩

들어가는 글

박시은 박준한 엄마

시은이와 준한이는 남매입니다. 어린 시절부터 함께 그림책을 읽고, 그림을 그리고, 글을 쓰며 지냈습니다. 엄마의 눈에는 남매의 삐뚤삐뚤한 글자들이 좋았습니다. 제멋대로 그린 엉뚱한 그림들도 멋져 보였어요. 아이들만의 글이며, 그림이었기에 감동으로 다가왔답니다.

시은이랑 준한이가 글을 쓰겠다고 했을 때 엄마로서 행복하다는 생각이 들었습니다. 글 쓰는 삶을 산다는 것은 축복받은 인생이라고 생각하거든요.

글쓰기 쉽지 않습니다. 남매가 한 편의 글을 완성하기까지 많은 시간 동안 애쓰던 모습이 떠오릅니다. 글감을 찾고, 경험을 떠올리며 한 문장씩 이어 나가는 모습이 힘겨워 보이기도 했었지요. 하지만 한 편의 글이 완성된 후, 밝은 표정으로 뿌듯해하던 모습도 생각납니다. 글쓰기가 힘들었지만 재미있었다고 말합니다.

글쓰기, 책 쓰기를 통해 아이들의 생각이 글로 남습니다. 기록이 되는 것이지요. 생각은 시간이 흐르면 흩어져 버립니다. 수많은 경험을 하며 느꼈던 점들은 아이의 인생에 나침반이 되어 줄 것입니다. 잊지 않도록 보존해 주어야 해요. 글을 쓰고 책으로 만드는 것만큼 좋은 방법이 또 있을까요.

이번 공저를 통해 글이 책이 되는 과정을 겪어 본 것은 소중한 경험이 될 것입니다. 글 쓰는 삶을 이어 나갈 남매에게 큰 힘이 되어 줄 거라 믿어요. 글과 함께 성장할 준한이와 시은이를 응원합니다. 함께한 이준서, 임규민 주니어 작가의 글 쓰는 삶 또한 응원합니다.

이준서 엄마

'태산이 높다 하되 하늘 아래 뫼이로다'

우리 집이 아침을 시작하는 소리입니다.

준서는 학교 가기 전, 아침 6시에 할머니와 화상으로 만나

책을 읽고 글을 씁니다.

중학교에 올라가면서 많은 학원과 과제, 시험 준비로 늦은 새벽에 잠이 드는 날에는 아침에 눈도 뜨지 못한 채 노트북을 켭니다.

그 모습을 볼 때면 안쓰러운 마음이 들 때도 있지만, 사춘기인데도 짜증 내지 않고 할머니와 고전 시 「태산이 높다 하되」를 읊으며, 마음 먹으면 못 할 게 없다 다짐하며 하루를 시작하는 모습이 대견하고 사랑스럽기만 합니다.

어렸을 때보다는 횟수가 많이 줄어들었지만, 준서와 저는 손 편지로 많은 소통을 합니다.

상대에게 화내고 미안한 마음을 전하고 싶은데 용기가 나지 않을때, 사랑하는 마음을 표현하고 싶은데 쑥스러울 때, 손 편지는 상대에게 나의 진심 어린 마음이 전달되게 해 주는 매력적인 매개체인 것 같습니다.

이 때문인지 준서는 감정이 깊고 상대의 마음을 잘 헤아릴 줄 아는 아이입니다.

준서가 글을 통해 다른 사람에게 따뜻하고 편안함을 전달할 수 있는 작가로 성장하길 바랍니다.

준서가 포기하지 않고 끝까지 좋은 글을 쓸수 있도록 준서 옆에서 사랑으로 안아 주고 도와주신 어머님께 감사한 마음을 전합니다.

작은 아이들의 큰 이야기

임규민 엄마

가끔 아이가 쓴 일기를 읽어 본 적은 있지만 하나의 소주제로 쓴 글은 처음 읽어 봅니다. 일기를 통해 본 아이 모습과 한 편의 글을 통해 만나는 아이는 확연히 달랐습니다. 몸만 자란 게 아니라, 생각의 크기도 자랐다는 걸 글을 통해 보여 주더군요. 일기장을 봤을 땐 아이의 일상과 순간의 감정이 어린아이 눈높이로 그려져 있어 귀여웠습니다. 이번에 『작은 아이들의 큰 이야기』는 부모의 마음으로 책장을 넘겼는데, 읽을수록 독자가 되어 가고 있는 제 모습을 발견합니다. 그다음 내용이 기다려지고, 과거 일에 대한 아이의 생각이 궁금해서 몰입해서 읽게 되더군요. '독세권' 같은 아이다운 센스가 군데군데 양념처럼 포진해서 읽는 재미를 더했습니다. 책 제목처럼 작은 아이 네 명이 모여서 큰 결실을 만들어 낸 모습이 부모로서 기특하기만 합니다. 결코, 짧지 않은 시간 4년 동안 지치지 않고 달려와 준 네 명의 아이와 이은대 작가님에게 응원의 박수와 감사한 마음을 전합니다.

차례

4장 아빠 어디가 임규민

1장

행복한 일상

박시은

1-1.
함께 노는 게 좋다

　토요일이다. 추워서 집에 있었다. 심심했다. 라희에게 전화를 걸었다.

　"우리 집에 놀러 올래?"

　이따 만나기로 했다. 신나면서도 기대되었다. 엄마 차로 라희를 태우러 갔다. 라희는 아파트 앞에서 기다리고 있었다. 나를 보고 뛰어왔다. 표정이 엄청 밝다. 환하게 웃고 있었다. 기분이 좋았다. 우리는 손잡고 차에 탔다. 오는 내내 재미있는 이야기를 하며 왔다. 우리 집에 가는 발걸음이 가벼웠다. 총총 걷고 쾅쾅 뛰며 계단을 올라갔다.

　집에 들어오니 반려견 하랑이가 반겨 주었다. 라희가 하랑이를 쓰다듬어 주니 배를 보이며 벌러덩 누웠다. 나는 잠옷으로 갈아입었다. 라희에게 내 잠옷을 빌려주었다. 우리의 놀이가 시작되었다.

레고를 꺼냈다. 엄마에게 생일 선물로 받은 애니메이션 〈엔칸토〉 레고다. 〈엔칸토〉는 내가 좋아하는 영화다. 주인공 '미라벨'의 집을 받았다. 영화에서 나온 집과 레고 집이 똑같다. 진짜 영화에서 나온 집처럼 느껴진다. 예전에는 레고 만드는 걸 좋아하지 않았다. 이젠 재미가 붙었다. 2시간 동안 놀았다. 배가 고팠다.

엄마가 짜장면을 시켜 준다고 했다. 라희와 나는 동시에 좋다고 말했다. 입안에 침이 고였다. 탱탱한 면을 빨리 먹고 싶었다. 30분 동안 참고 참았다. 띵동! 벨이 울렸다. 엄마 두 손에 짜장면과 탕수육이 있었다. 맛있는 냄새가 났다. 식탁에 나란히 앉았다. 엄마가 짜장면을 예쁜 그릇에 담아 주었다. 친구랑 먹으니 꿀맛이었다. 남기지 않고 다 먹었다. 배가 불렀지만 간식이 먹고 싶었다.

"빙수 만들어 먹을까?"

얼음을 갈았다. 과자 오레오를 부숴서 넣었다. 먹기도 전에 기대가 되었다. 빙수는 많이 만들어 보았어도, 오레오 빙수는 처음 만들었기 때문이다. 연유도 넣었다. 잘 섞었다. 맛을 보았다. 달고 부드러웠다. 바삭바삭했다. 얼음 알갱이가 있어서 시원했다. 더위를 느낄 수 없는 시원한 맛이었다. 맛있다! 맛있다! 행복한 표정으로 먹었다.

　라희 엄마에게 전화가 왔다. 집에 가야 한다고 했다. 너무
아쉬웠다. 하랑이를 안고 엄마랑 같이 라희 엄마에게 데려다
주러 나갔다. 아파트 밑에 있는 놀이터로 내려갔다.
　"엄마!"
　친구가 달려갔다. 라희의 반려견 보리도 같이 왔다. 엄마들
은 강아지에 대해 얘기했다. 우리는 조금이라도 더 놀고 싶었
다. 시소, 그네, 미끄럼틀을 빨리빨리 바꿔 가며 탔다. 어떻게
든 더 놀려는 의지였다.
　"이제 미끄럼틀 한 번만 더 타고 가자."
　라희 엄마의 말에 아쉬웠다. 친구와 같이 노는 건 너무 재미
있다.

　학원을 마치고 집에 왔다. 심심했다. 소파에 벌러덩 누웠다.
할 게 없었다.
　'아, 심심해. 뭐 할 거 없나?'
　오빠가 학원을 마치고 들어왔다. 이보다 기쁜 소식은 없을
것이다. 오빠에게 달려갔다.
　"오빠, 게임 하자!"
　오빠는 가방을 내려놓고 닌텐도를 가져왔다. 자동차 게임

칩을 넣었다. 레이스가 시작되었다. 3, 2, 1 소리와 함께 엔진에서 불이 나왔다. 나는 한 바퀴를 돌았을 때 4등을 하고 있었다. 두 번째 바퀴를 돌았을 때는 1등이었다. 세 번째 바퀴를 돌았을 때는 2등. 결승선에 들어가기 바로 직전이었다. 오빠가 먼저 골인했다.

"아우, 이길 수 있었는데!"

게임은 재미있으라고 하는 것이지만 가끔 스트레스를 받는다. 오빠에게 다른 게임으로 바꾸자고 했다. 보드게임을 했다. 보드게임 이름은 '부자 만들기'다. 오빠에게 생일 선물로 받았다.

"가위바위보!"

준한이 오빠가 이겼다. 오빠부터 시작이다. 주사위를 굴렸다. 4가 나왔다. 오빠 말이 움직였다. 나는 6이 나왔다.

"우와! 난 6이다."

내가 이기고 있었다. 이제 한 번만 더 돌면 된다. 기분이 너무 좋았다. 그러다 내 말이 '은행에서 만 원을 회수합니다.' 칸에 도착했다. 풍선에 바람 빠지는 기분이었다. 한 판이 끝났다. 돈을 세어 보았다. 졌다. 지금까지 오빠가 이긴 횟수는 열 번이 넘는다. 나는 이긴 횟수가 한 번뿐이다. 속상했다. 그래서 오빠에게 말했다.

"오빠, 게임에서 이기면 기분이 날아갈 것 같지? 오빠가 나한테 져 주면 내 기분이 날아갈 것 같을 거야!"

오빠는 그럴 리 없다며 이기고 싶으면 연습해야 한다고 말
했다. 오빠가 그렇게 말하니 마음이 상했다. 그래서 오빠를 이
기려고 열심히 연습 중이다. 언제쯤 오빠를 이길 수 있을까?
게임은 졌지만 함께 노는 건 재미있다.

친구랑 놀면 재미있다. 오빠와 게임 하면 신난다. 함께하면
즐거움이 두 배가 된다. 행복하다. 기분이 날아갈 것 같다. 함
께 노는 게 좋다.

1-2.
하랑이와 산책

반려견 하랑이와 오랜만에 하는 산책이다. 추울까 봐 옷을 입히고, 하네스를 채우고, 목줄도 채웠다. 나부터 기대가 됐다. 현관문을 열고 계단으로 내려가려고 했다. 하랑이가 낑낑댔다. 결국 안고 내려갔다. 불안한 마음이 점점 몰려왔다. 밖에 나가서 내려 주자 잘 걸었다. 처음엔 쌩쌩하게 걸었다. 갈수록 걸음이 느려졌다. 걷다가 솔방울을 보았다. 던져 주니 달려갔다. 갑자기 솔방울을 먹었다.

"퉤퉤퉤 뱉어."

이미 먹고 없었다. 나는 걱정이 되었지만 하랑이는 해맑았다. 어떻게 이리 내 마음을 모를까. 이젠 나뭇가지다. 나뭇가지를 던져 주자 쫓아간다. 걷다 보니 어느새 공원이다. 힐링 타임이다. 걸으며 풍경을 구경했다.

작은 아이들의 큰 이야기

"아, 좋다. 이게 꿩 먹고 알 먹고지."

비가 온 날은 비가 고인 곳에서 논다. 진흙탕에서 놀 때도 있다. 진흙탕에서 놀다 집에 들어가면 엄마는 기겁을 한다. 진흙 범벅이 되었기 때문이다. 하랑이가 진흙탕에 들어가면 작은 돌을 주워 와 하랑이 반대쪽으로 돌을 던져 준다. 풍덩 소리가 난다. 그럼 하랑이가 돌이 떨어진 곳으로 가서 냄새를 맡는다. 얼마나 귀여운지 모른다. 가을엔 낙엽 더미가 있는 곳으로 산책을 간다. 가서 바스락바스락 소리를 낸다. 하랑이는 낙엽 밟는 소리를 좋아하는 것 같다. 바삭바삭, 부스럭부스럭.

하랑이가 해맑아 보인다. 헤헤헤, 이게 행복한 강아지의 모습이다. 산책을 하면 나도 좋고, 하랑이도 좋다. 일석이조다. 마스크를 뚫고 신선한 공기가 들어오는 느낌이었다. 상쾌하다. 숨을 깊게 마시고 깊게 내보낸다. 걷다가 벤치에 앉아 쉰다. 이제 집에 가야 할 시간이다. 강아지와 친해지려면 산책이 최고다.

밖에서만 대변과 소변을 누는 강아지가 있기 때문에 산책을 잘 나가야 한다. 독일에서는 하루에 한 번 강아지와 산책을 안 하면 학대라고 했다. 〈세상에 나쁜 개는 없다〉라는 프로그램에서 알게 된 것이다. 설채현 선생님이 알려 주시는 대로 하랑이를 교육한다. 산책할 때 하네스 하는 것도 설채현 선생님에게 배웠다.

하랑이는 산책을 잘하는 편은 아니어서 항상 잘 지켜봐야 한다. 잠시도 한눈팔면 안 된다. 사람을 무척 좋아해서 사람이 지나가면 산책을 잘하다가도 멈춘다. 공부를 더 해 봐야겠다. 다른 강아지들은 산책 나와서 대소변을 잘 보는데, 우리 강아지는 밖에 나와서는 잘 안 한다. 최근에는 대변을 몇 번이나 해서 칭찬을 많이 해 줬다. 다른 강아지에게는 별일 아니지만 하랑이에게는 큰일을 해낸 것이다.

"우와, 밖에서 처음으로 똥 쌌네. 옳지! 잘했어."

정말 놀라웠다. 한편으로는 기뻤다. 강아지를 좋아하는 사람은 대부분 기쁠 것이다. 설채현 선생님처럼 나도 강아지 트레이너 겸 수의사가 되고 싶었다. 그래서 더욱 뿌듯했다.

사람들이 강아지랑 산책을 많이 해 주면 좋겠다. 강아지를 사랑하고 아끼는 마음으로 말이다. 앞으로 강아지에 대해 많이 공부해야겠다. 하랑이와 산책도 꾸준히 하고 많이 놀아 주고 싶다. 하랑이를 생각하면 힘든 일도 이겨 낼 수 있다.

강아지는 사랑해 줘야 한다. 사람이 아니기 때문에 강아지에 대해 공부도 해야 한다. 강아지는 사랑을 받은 만큼 사랑을 준다. 사람들이 강아지와 행복한 시간을 보내면 좋겠다. 하

작은 아이들의 큰 이야기

랑이도 행복하게 해 줘야겠다. 나와 단둘이 산책도 많이 가고, 재미있게 놀아 주기도 해야겠다. 하랑이도 행복하고 나도 행복해질 것이다.

1-3.
젤리빈 영양제

"영양제 먹기 싫어요!"

저녁이 되면 전쟁이다. 영양제가 먹기 싫어서다. 엄마는 그런 건 양보를 못 한다고 한다. 나는 꾀를 많이 부렸다. 못 먹겠다며 울상도 지었다. 소용없었다. 그럴 때마다 이런 생각이 든다.

'왜 달콤한 영양제는 없을까?'

엄마에게 물어보았다. 슬픈 답변이 돌아왔다.

"몸이 튼튼하라고 먹는 건데 단건 몸에 나쁘잖아?"

크는 동안 맛없고 쓴 영양제를 먹으란 말인가. 걱정된다. 엄마가 날 부른다. 영양제를 먹으라고 한다. 지하 감옥에 갇힌 것 같다. 어둠 속에서 땅이 갈라져 그 속으로 들어가는 기분이다. 엄마가 영양제를 내밀었다. 콩알보다 작았지만, 수박보다 커 보였다. 먹기 싫었지만 한 알 먹었다.

작은 아이들의 큰 이야기

우웩! 내가 먹었던 것들 중에 가장 쓰다. 뱉고 싶었다. 생각도 하기 싫다. 영양제를 먹을 때마다 겨우겨우 억지로 먹었다. 내 소원은 아무 맛을 느끼지 않고 그냥 꿀꺽! 하고 먹는 거다. 얼마나 좋을까. 영양제 때문에 엄마한테 투정도 안 부리고, 엄마도 나도 스트레스를 안 받을 거다. 내가 좋아하는 젤리빈이 영양제였으면 좋겠다. 아, 달고 맛있을 텐데.

예전에 오빠, 아빠와 함께 시내에 나가서 젤리빈을 산 적이 있다. 집에 와서 숙제하면서 그걸 먹으며 생각했다.

"이건 집중 잘 되게 하는 약! 공부 잘하게 되는 약! 엄마 말 잘 듣게 되는 약!"

재미있었다. 영상에서 보았는데, 젤리를 약이라고 하면서 인형에게 먹여 주며 노는 걸 보았다. 나도 그렇게 해 보고 싶었다. 그래서 따라 한 것이다.

나는 영양제를 하루에 두 번 먹는다. 만약 젤리빈이 영양제가 된다면 영양제 먹는 시간이 아니어도 계속 먹을 것이다. 제일 먹기 싫은 것은 칼슘이다. 칼슘은 느끼한 맛이다. 먹고 나면 속이 안 좋아진다. 이런 상상을 한다. 어느 날 영양제를 먹으려고 뚜껑을 딱 열었더니 하나도 없는 것이다. 엄마가 주문하려고 봤더니 오늘은 쉬는 날이다. 그럴 때 엄마는 "안 돼!"라고 말할 것이지만 나는 이렇게 말할 것이다.

"오케이! 예스!"

하랑이는 강아지 영양제를 엄청 잘 먹는다. 하랑이는 입맛이 까다로운데 강아지 영양제는 맛있나 보다. 내 영양제는 맛이 없는데. 사람이 먹는 영양제는 왜 이렇게 맛이 없을까. 생각하다 보니 궁금해졌다.

"음, 칼슘에 뭘 넣어서 맛이 없지?"

그냥 몸에 좋은 거라고 생각하기로 했다. 엄마가 키 크라고 사 준 거니까. 마음을 담아 먹어야겠다. 맛은 없지만 열심히 먹어서 키를 크게 할 것이고, 뼈를 튼튼하게 할 것이다. 앞으로는 투정 안 부리고 영양제를 먹을 거라고 다짐을 했다.

하지만 칼슘은 여전히 맛없다. 나처럼 쓴 걸 싫어하는 친구들은 젤리빈 같은 영양제를 원할 것 같다. 엄마에게 말하고 싶다.

"앞으로는 영양제 안 먹겠다고 투정 안 부릴게요."

말은 쉽지만 진정한 속마음은 '먹기 싫다!'이다. 어쩌면 나는 내일도 영양제 투정을 부리고 있을 수도 있다. 그래도 영양제 먹고 키가 쑥 자라면 좋겠다.

맛없는 영양제. 먹기 싫다. 엄마의 사랑이 느껴져서 먹는다. 엄마의 사랑이 나를 건강하게 만들어 준다.

1-4.
사랑이 있으면 된다

『머시 수아레스, 기어를 바꾸다』를 읽었다. 작가는 '메그 메디나'이다. 앞표지의 여자아이는 자전거를 타며 행복해 보인다. 자전거 타는 걸 좋아하는 것 같다. 나도 자전거 타는 걸 좋아한다. 자전거를 타면 행복하다. 나는 자전거를 물려받았는데 책 속 자전거는 새것처럼 보였다.

주인공 '머시'는 부모님과 오빠 그리고 할아버지, 할머니, 이모와 같이 산다. 할아버지는 알츠하이머 환자다. 할아버지의 기억들이 없어진다. 머시 수아레스는 친구들과 사이도 좋지 않았다. 하지만 좋은 친구도 있었다. 이 책은 가족과 함께라면 든든하다고 말한다. 힘든 일이 있어도 포기하지 말라고 말한다. 크리스마스이브날이었다. 삼촌과 삼촌 동생이 머시 집에 왔다. 음식을 먹고 선물을 나누었다. 머시는 새 자전거를 받았다. 예전 자전거는 고물이었다. 앞표지의 자전거가 크리스마스에 받은 자전거였다. 머시는 할아버지에게 앨범을 선물했다. 가족이 함께했던 추억이 들어 있었다. 할아버지가 기억이 안 날 때 이 앨범을 보라고 드렸다. 그리고 모두 자는 밤, 머시는 잠이 오지 않아 자전거를 타러 밖으로 나갔다. 힘들었지만 페달을 굴리고 굴렸다. 페달만 굴리면 자전거는 앞으로 나가게 된다. 힘든 일도 자전거를 타는 것처럼 걱정만 하지 말고 도전해 봐야겠다는 생각이 들었다.

나는 자전거를 잘 타지 못한다. 그리고 좋아하지도 않았다. 아빠에게 자전거를 타는 방법을 배우기 전까지 말이다. 자전거를 탈 때마다 비틀거렸다. 용기를 내어 페달을 굴렸다. 성공이었다. 그 뒤로 자전거 타기를 좋아한다. 아빠가 시간이 된다면 보조 바퀴를 떼고 타는 법도 배우고 싶다. 빨리 아빠가 시간이 나면 좋겠다.

크리스마스이브. 가족끼리 영화를 보며 즐긴다. 2021년에는 새로 나온 〈엔칸토〉를 보았다. 얼마나 재미있던지 넋을 놓고 보았다. 친구 라희와 함께 엄마, 아빠에게 줄 선물을 사서 집에 와서 만들었다. 마시멜로로 눈사람 모양을 만든 것이다. 숨겨 놓았다가 밤에 선반에 올려놨다. 아침이 되었을 때 연기를 했다.

"아함~ 이거 뭐지? 엄마, 이거 뭐예요?"

엄마가 뭔지 살필 때 내가 말했다.

"사실 내가 만들었어요. 오빠도 와서 먹어 봐."

나름대로 재미있었다. 들킬까 봐 조마조마하기도 했다. 맛도 괜찮았다. 그리고 오빠에게 선물도 주었다. 천오백 원을 주고 햄버거 모양 샤프를 샀다. 편지도 썼다. 산타 요정의 선물이라고 써놓았다. 아침이 돼서 오빠가 선물을 보았다.

"어? 이거 오빠 선물 같은데?"라고 오빠에게 말했다.

"그러게, 산타 요정의 선물이라고 적혀 있네."

엄마도 맞장구쳐 주었다. 엄마는 알고 있었다. 엄마에게만 살짝 알려 주었다.

오빠가 샤프를 꺼낼 때 "이거 펜인가?"라고 했다.

"아니야. 샤프야."

내가 말했다. 오빠가 눈치를 챘다. 엄마가 웃었다.

'앗, 들켰다.'

속상했지만 오빠가 마음에 들어 하니 기분이 좋았다. 내가 준비한 선물이라고 말하자 오빠가 웃으며 말했다.

"너는 최고의 동생이야."

기분이 좋았다. 선물하기를 잘했다는 생각이 들었다. 다음 크리스마스에도 깜짝 선물을 준비할 것이다. 머시처럼 앨범을 선물하고 싶다. 내년이지만 미리 생각해 둬야겠다.

시간은 흘러간다. 멈출 수 없다. 흘러가는 대로 따르고 믿으면 된다. 머시는 시간이 흘러가는 걸 싫어했다. 난 싫다기보다 궁금하다. 앞으로의 일은 아무도 모른다. 하지만 좋은 일이 있을 것 같다.

『머시 수아레스, 기어를 바꾸다』는 내가 읽은 책 중 가장 교훈이 깊고 감동적이다. 수아레스는 늘 그대로 있기를 원했지만 위기를 맞았다. 하지만 가족의 사랑으로 이겨 낼 수 있었다. 이 책을 읽고 생각하게 되었다. 모든 게 그대로라면 꿈을 이루지 못한다는 것을 알게 되었다. 나의 꿈을 이루고 오빠의 꿈을 이루려면 변화해야 한다. 엄마도 더 좋은 글을 쓰려면 계속 변화해야 한다. 변화하는 건 나쁜 게 아니다. 좋게 성장하면 된다. 꿈도 이루고 행복해질 수 있다. 사랑이 있으면 된다.

작은 아이들의 큰 이야기

1-5.
우리 아빠 최고

　　아빠는 나에게 알라딘의 지니다. 다른 점
이 있다면 알라딘에 나오는 지니는 소원 세 개만 들어준다. 우
리 아빠는 지니보다 훨씬 많이 들어준다. 소원 100개, 아니,
1,000개도 넘게 들어준다. 우리 아빠가 알라딘의 지니보다 더
욱더 최고다. 우리 아빠는 우주 최강이다.

　아빠와 마트에 갔다. 오빠가 친구 집에 놀러 갔기 때문에 혼
자 놀려니 심심했다.
　"시은아, 마트 가자. 아빠가 장난감 사 줄게."
　아빠가 다~ 사 준나고 했다. 행복했다. 아빠랑 레고가 있는
곳으로 갔다. 마음에 드는 게 하나도 없었다. 전부 다 어려워
보이는 것뿐이었다. 요즘 레고에 재미가 붙긴 했지만 지난번

생일에 산 레고는 완성하는 데 6일이나 걸렸다. 다 만드는 데 시간이 엄청 길었다. 그래서 재미가 뚝 떨어졌다. 게다가 다 완성했어도 갖고 놀다가 부서져서 또다시 만들어야 했다. 힘들었다. 울고 싶었다. 그래서 만들기 싫어졌다.

"다른 걸 보고 결정할래요."

"그래, 시은이 마음대로 해."

미미 인형이 있는 데로 갔다. 정말 많은 미미 인형이 있었다. 더 보려고 가는 중 내가 그토록 갖고 싶어 했던 옷 입히는 장난감이 보였다. 종류가 두 가지였다. 한 개는 옷을 넣을 수 있는 옷장이 있었다. 옷은 별로 없었다. 다른 한 개는 옷장은 없는데 옷은 엄청 많았다. 고민하던 중 아빠가 말했다.

"시은아, 두 개 다 사. 아빠가 사 줄게."

역시 울 아빠 최고다. 두 개 다 샀다. 아빠는 나의 소원이라면 다 들어주는 사람이다. 그래서 친구들에게도 자랑을 많이 했다.

닌텐도를 했다. 아빠와 내가 한 팀이 되었고, 오빠는 혼자 팀이었다. 캐릭터를 골랐다. 우리는 뼈다귀 귀신 와르르. 오빠는 닌자 캐릭터를 골랐다. 자동차도 다 골랐으니 레이스 시작이다. 먼저 아빠와 오빠의 경쟁이다. 3, 2, 1 소리가 끝나기 무섭게 아빠와 오빠를 포함한 자동차들이 출발하기 시작했다.

작은 아이들의 큰 이야기

우리 팀이 느렸다. 내가 외친다.

"힘내라! 힘! 할 수 있어! 힘내, 아빠!"

내 응원 덕분인지 아빠가 오빠를 치고 나간다. 2등이다. 내가 또 응원했다.

"힘내라! 할 수 있어! 힘내라! 힘! 아빠, 파이팅!"

1등이다. 그런데 불안했다. 세 바퀴를 돌아야 한다. 이제 한 바퀴밖에 돌지 않았으니까. 아빠가 2등으로 밀렸다. 이럴 줄 알았다. 5등…. 6등…. 오빠가 우리보다 앞서갔다. 내가 말했다.

"쫓아가요. 무조건 쫓아가요. 안 돼! 안 돼!"

8등. 아휴! 우리가 졌다. 내 차례가 되었다. 꼭 이기고 싶었다. 3, 2, 1 하고 신호가 끝나자마자 자동차 배기구에서 불이 뿜어져 나온다. 매의 눈으로 오빠가 몇 등인지 확인하고 경주하고 있는 자동차들을 제치고 나갔다. 오빠는 9등이었다. 아빠가 말했다.

"오~ 시은이 많이 늘었네. 잘한다, 시은이!"

갑자기 오빠가 5등, 4등, 3등, 2등으로 나갔다. 아뿔싸! 오빠가 1등 하고 있었다.

'언제 나보다 일찍 갔지?'

놀란 마음을 숨기고 계속 레이싱을 했다. 자동차들이 나를 방해했다.

"안 돼! 왜 나한테만 그래?"

나는 외쳤다.

2등에서 10등이 되었다. 12등이 맨 꼴찌인데. 아빠보다 못하는 것 같아서 부끄러웠다. 힘을 내서 앞지르기 시작했다. 5등이었다. 오빠는 아직 1등을 하고 있었다. 이기고 싶었다. 빨리 가는 아이템을 썼다. 4등으로 바뀌고 3등으로 바뀌었다. 이제 마지막 바퀴다. 손에 땀이 난다.

'가자! 아휴!'

아이템을 얻었다. 유도 템이다. 이 아이템은 앞에 가는 자동차를 방해할 수 있다. 내가 몇 등인지 확인하려 할 때 오빠가 보였다. 2등이었다.

"지금이다!"

유도 등껍질을 발사했다. 오빠 자동차가 맞았다. 자동차가 멈췄다. 오케이! 내가 1등이다. 결승선이 코앞이다. 드디어 골인했다. 1등을 한 거다. 오빠가 나를 칭찬했다.

"시은이 너 진짜 많이 늘었다!"

어깨가 으쓱해졌다. 아빠와 오빠와 게임을 하면 재미있다. 오빠하고만 게임을 할 때는 이길 수가 없다. 오빠는 늘 1등 한다. 속상할 때도 많고 울 때도 있었다. 아빠랑 게임을 하면 아빠는 나를 많이 봐준다. 일부러 져 줄 때도 있다. 아빠는 역시 나에게 최강 지니다.

우리 아빠 최고다! 멋지다. 나를 사랑해서 지니가 되어 주었을 것이다. 나도 아빠에게 꼬마 지니가 되어 드려야겠다.

1-6.
엄마 급식, 학교 급식

딩동~ 댕동~

수업이 끝났다. 드디어 즐거운 급식 시간이다. 선생님께서 줄을 맞추라고 했다.

"자, 빨리 어서어서. 급식 시간이다."

'음, 그러고 보니 오늘 급식이 뭔지 확인을 안 했네.'

확인 안 하는 것이 더 좋았다. 급식이 뭔지 냄새로 알면 더 재미있다.

"킁킁~ 알겠다. 이 냄새는 카레다."

급식이 맛없을 때도 있기 마련이다. 그날은 배가 엄청 고픈 날이 된다. 급식소에 갈 때 나는 기대를 품고 갔다.

'맛있는 국수가 나오려나? 라멘? 미역국인가?'

이번에도 급식을 확인하지 않고 갔다. 맛있는 게 나올 거라 믿었다. 반찬은 우엉, 시금치, 김치였다. 밥은 내가 싫어하는 야채밥이었다. 기대가 물거품이 되었다. 풍선에 바람 빠진 기분이다. 어쩔 수 없이 싫어하는 야채와 밥을 꾸역꾸역 먹었다. 그날은 내가 가장 밥을 늦게 먹었다. 게다가 사과가 나왔다. 나는 사과를 좋아하는데 알레르기가 있어 못 먹는다. 학교에서는 사과가 많이 나온다. 그럴 때마다 먹고 싶어 견디기 힘들다. 학교에서 보내는 모든 시간 중에 급식 시간이 가장 좋다. 집에서 아무리 아침밥을 많이 먹고 와도 배고프다. 기대도 많이 된다.

　"음, 오늘은 급식이 뭘까?"

　냄새가 잘 나지 않을 때는 더욱 궁금해진다. 가서 급식을 받았는데 짜장밥과 계란국, 단무지, 탕수육이 나왔다. 이것보다 완벽한 급식은 없을 것이다. 몸속에선 폭죽이 터지고 난리가 난다. 그때 2등으로 다 먹었다. 아직도 그 맛을 잊을 수 없다. 학교 급식이 완전 최고였던 날이다.

　급식에서는 음료까지 나온다. 사과주스, 딸기라테, 별빛 군밤우유가 나왔다. 먹어 보지 못한 걸 먹어 보고, 맛을 알아가는 것도 학교 급식의 좋은 점이다. 항상 급식을 받고 난 후 급식에 따라 나의 말이 달라진다.

　"오예! 배부르게 다 먹겠다."

"응? 오늘 급식이 이거야?"

집에서 밥 먹는 것과 급식소에서 밥 먹을 때는 살짝 다르다. 집에서 먹을 때는 고기를 많이 먹는다. 학교에서는 야채를 많이 먹는다. 집에서는 얘기를 많이 하면서 먹기 시작한다. 오빠는 오늘 있었던 일을 얘기한다. 엄마는 뉴스에 나왔던 일을 얘기해 주면서 조심해야 한다고 말한다.

"어머나, 세상에. 시은아, 준한아, 너희 공사하는 곳에 가까이 가지 마. 공사하던 건물이 무너졌대."

엄마의 말에 겁이 났다. 나는 친구들과 어떻게 지냈는지를 말한다. 말을 하면서 먹다 보면 밥그릇은 비어 있고, 고기가 있던 접시는 기름만 조금 남아 있다. 배부르다. 그리고 나는 간식 서랍을 열어서 초콜릿을 꺼내 먹는다. 그러면 엄마는 항상 "밥을 더 먹지!"라고 말한다.

학교에서는 친구와 얘기하지 못하고 밥만 먹어야 한다. 과일은 절대 남기면 안 되고 밥은 다 먹어야 한다. 집에서 밥을 먹는 것보다 학교 급식 시간이 좀 더 재미있을 거라고 생각했었다. 내가 상상한 것은 급식을 받으면, 앉고 싶은 자리에 앉아서 친구들과 이야기하며 먹는 것이었다. 하지만 생각했던 거랑 다르게 엄격한 분위기다. 고개는 푹 숙이고, 입은 밥 먹을 때 빼고는 지퍼처럼 채워야 된다. 집에서 먹을 때와 학교에서 먹을 때는 많이 다르다. 하지만 어디에서 먹든 맛있게 먹어

작은 아이들의 큰 이야기

야 한다. 영양 선생님과 급식 만드시는 분들에게 감사한 마음
이 든다. 우리를 위해 엄청난 양의 음식을 만드시니 생각만 해
도 힘들 것 같다. 엄마에게도 고맙다. 가족을 위해 요리를 하
고 내가 배가 고플 때마다 차려 준다.

예전에 내 꿈은 요리사였다. 직접 요리도 하고 새로운 메뉴
도 만들고 싶었다. 집에 요리책도 많다. 예전에 토토로 주먹밥
을 만들어서 가족에게 나누어 준 적도 있다. 계란빵을 만들어
서 준 적도 있다. 엄마를 보고 느꼈다. 요리하는 사람은 먹는
사람을 생각하면서 최선을 다해 만든다는 것이다. 먹을 때는
맛있게 먹어 주어야 한다는 것도 느꼈다. 그게 예의라는 것을
알게 되었다.

요리는 정성이다. 먹는 사람을 생각해서 만든다. 맛있게 먹
으면 된다. 요리하는 사람도 행복하고, 먹는 사람도 행복하게
된다.

1-7.
강아지가 행복하면 좋겠다

『겨울잠 자는 길 강아지』를 읽었다. 권태성 작가가 글을 쓰고 그림을 그렸다.

'방울이'라는 강아지는 두 번 버려진 강아지다. 어느 날, 길을 가다 위험한 순간이었는데 '순이'라는 강아지가 도와준다. 순이 아줌마는 옛날에 눈 한쪽을 잃었다. 할아버지와 살던 중 할아버지는 차 사고로 돌아가셨다. 사람들이 할아버지 집을 부수고 있어서 순이가 집을 지키려다 다치게 되었다. 방울이는 순이 아줌마와 함께 지낸다. 떡볶이집 아주머니가 주는 순대를 먹기도 한다. 사람들이 또 할아버지의 집을 부순다. 순이 아줌마는 사람들한테 짖는다. 방울이는 무서워서 도망간다. 나중에 와 보니 순이 아줌마가 힘이 없다. 순이 아줌마는 돌아가신 할아버지에게 간다. 그리고 방울이는 떡볶이집 아줌마와 살게 된다.

　책 표지 그림은 눈 내리는 어느 날이었다. 방울이와 순이가 함께 자고 있는 장면이다. 제목에 겨울잠 자는 길 강아지라고 적혀 있어서 궁금했다. 강아지는 겨울잠을 안 자는데 겨울잠 자는 강아지라니. 읽기 전에 슬픈 이야기인 걸 짐작했다. 길 강아지라는 말도 슬픈 내용일 거라는 걸 알게 했다. 책 표지부터 슬퍼서 읽을까 말까 고민했다. 불쌍한 강아지가 나오는 얘기는 너무 슬퍼서 싫었다. 하지만 궁금해서 읽게 되었다.

　읽고 나니 너무나 슬펐다. 동화책이지만 강아지를 학대하는 사람을 보니 마음이 아팠다. 방울이는 처음에는 여자 주인과 살았다. 그런데 사람들이 가구를 옮기고 여자는 방울이를 차에 태워 조금 가더니, 방울이를 버리고 가 버린다. 달려갔지만 차는 사라졌다. 두 번째는 한 남자 집에 가게 되었다. 넓은 집이었고, 다른 강아지도 많았다. 그런데 모두 다 우리 안에 갇혀 있었다. 방울이는 남자한테 몽둥이로 맞고 버려진다.

　이 그림책은 엄마가 사 주었다. 강아지가 나오는 그림책이 보고 싶어서 엄마에게 부탁했었다. 처음 제목만 보았을 때도 슬픈 이야기 같았다. 겨울잠 자는 길 강아지. 학대를 받는 강아지들이 힘들겠다는 생각을 했다. 학대하는 사람들은 생명을 소중히 여기지 않는 나쁜 사람 같다.

'강아지 공부를 열심히 해서 강아지를 지켜야겠다.'라는 생각을 했다. 그리고 엄마에게 이렇게 말했다.

"엄마, 나는 강아지를 아끼고 잘 보살펴 주는 사람이 될래요."

엄마가 나를 흐뭇하게 바라보았다. 기분이 좋았다. 모든 강아지가 행복해지면 좋겠다.

강아지도 감정이 있다. 아픔을 느낀다. 강아지를 함부로 대하지 않아야 한다. 이 동화책을 읽고 느꼈다. 나는 강아지를 아끼고 사랑하는 사람이 되어야겠다고 말이다. 나의 반려견만 예뻐하고 챙겨 주지 말고, 길 강아지도 챙겨 주어야 한다는 생각도 들었다.

강아지는 사람을 행복하게 만들어 준다. 가족이 되어 주고 사랑을 준다. 동화책을 읽게 된 것은 내가 반려견 하랑이를 키우기 때문이기도 했다. 강아지에 대해 더 많이 알고 싶어서 강아지 관련된 책을 사 달라고 한 것이었다. 모든 강아지가 사랑받으면 좋겠다.

강아지는 사람을 행복하게 만들어 준다. 세상의 모든 강아지가 사랑받으면 좋겠다. 행복한 강아지들만 있는 세상이 되면 정말 좋겠다. 강아지가 사람에게 주는 사랑만큼 사람도 강아지에게 사랑을 주어야 한다.

작은 아이들의 큰 이야기

1-8.
지금이 좋다

내가 강아지가 되는 상상을 했다. 하랑이와 신나고 재미있게 놀 수 있을 거다. 학원도 안 가고 공부도 하지 않아도 될 것이다. 졸리면 뒹굴뒹굴하다가 잘 것이다. 좋은 사람 만나서 사랑도 듬뿍 받을 수 있을 것 같다. 학원과 학교에서 벗어나 새로운 삶이 펼쳐질 것 같다.

강아지가 되면 후각 체험을 하고 싶다. 강아지는 냄새를 아주 잘 맡는다. 모든 냄새를 맡는 기분은 어떤 기분일까? 하랑이는 산책을 할 때 풀 냄새를 맡는 걸 좋아한다. 그리고 돌 냄새도 맡는다. 나무 냄새도 좋아한다. 나무에 코를 박고 킁킁한다. 나는 풀이나 나무 냄새가 신기하지 않았다. 하랑이는 계속 궁금한 것처럼 냄새를 맡는다. 하랑이에게 어떻게 느껴지는지 궁금하다. 강아지 사료 맛도 궁금하다. 개 껌과 간식 맛은 어떨까 상상이 잘 안 된다. 어떤 맛이길래 하랑이가 엄청 좋아하는지 알고 싶다.

내가 하랑이랑 같은 강아지라면 친구가 되어 놀고 싶다. 하랑이는 비가 온 뒤에 진흙탕에서 뒹굴며 노는 걸 좋아한다. 비가 온 날에는 같이 진흙탕에서 뒹굴고 싶다. 집에 들어와서 씻고 에어컨 앞에서 시원한 바람 맞으며 얼굴 마주 보고, 간식도 같이 먹고 싶다. 행복한 시간이 될 것 같다. 추운 날에는 둘이 담요를 뒤집어쓰고 고구마를 먹고 싶다. 좋아서 계속 웃을 것 같다. 너무 재미있겠다.

강아지가 되어 하랑이랑 친구가 될 수 있다면, 신이 내려 준 기회나 다름없을 거다. 항상 하랑이랑 같이 돌아다니며 같이 놀고, 같이 먹고, 같이 자고, 좋겠다. 즐겁고 자유로운 기분일 것이다. 산책도 같이하면 신이 날 것 같다. 하랑이랑 얘기도 할 수 있으면 배울 것이 많을 것이다. 강아지 선생님처럼 잘 알려 줄 것 같다.

강아지 친구가 되는 것도 좋지만 주인이 되는 게 더 좋겠다. 학대를 당하고 있는 강아지를 텔레비전에서 본 적 있다. 사료도 안 주고 물도 안 줬다. 목욕도 안 시켜 주었다. 나는 좋은 주인이 되고 싶다. 말은 통하지 않지만 하랑이가 먹고 싶은 것을 주고 싶다. 많이 사랑해 줄 것이다.

　만약 내가 엄마가 된다면 어떨까. 내가 사고 싶은 걸 다 살 것 같다. 엄마와 마트에 갔다. 내가 사고 싶은 과자가 눈에 띄었다. 너무너무 먹고 싶었다. 그 과자를 가지고 엄마에게로 갔다. 엄마에게 말했다.
　"엄마, 나 이 과자 먹고 싶은데 사도 돼?"
　"안 돼, 집에 과자 많잖아. 또 너무 비싸. 갖다 놓자."
　'흥, 너무해. 먹고 싶은데.'
　엄마에게 말은 하지 않았지만 서운했다. 엄마는 필요한 걸 많이 사는데 내가 사고 싶은 건 안 사 주었다. 만약에 내가 엄마가 된다면 사고 싶었던 장난감도 다 살 것 같다. 그리고 먹고 싶었던 간식도 다 사 먹을 거다. 그렇게 할 수 있다면 얼마나 좋을까. 잔소리도 안 듣고 사고 싶은 거 다 사고. 강아지도 더 기르고. 엄마 잔소리에서 벗어날 수 있을 텐데. 내가 빨리 커서 엄마가 된다면 행복할 것 같다.
　"아, 엄마가 된 기분이 이거구나." 할 것 같다. 참으로 행복한 시간일 것이다.

　엄마는 어렵다. 설거지, 빨래, 방 청소. 생각만 해도 바쁘고 힘들다. 엄마를 생각해 보면 하고 싶은 것만 하는 게 아니라 아이들도 돌보고 청소도 하고, 엄마 일도 한다. 나는 어린 시절을 더 보내다 엄마가 되어야겠다. 일도 해야 하고, 집안일도 해야 하고, 아이도 돌보고, 요리도 해야 하기에 엄마가 되면 너무 힘들 것 같다. 분명 내가 엄마가 되면 "이리 힘들 줄 몰랐다!"라고 말을 할 것 같다. 그냥 지금이 좋다. 그래서 나는 결심했다. 지금 이 순간순간을 즐길 거다. 엄마가 되기 전까지는 계속. 그리고 엄마에게 잘해야겠다.

내가 엄마가 된다면 어떨까 생각해 보았다. 너무 힘들 것 같다. 엄마를 도와 드려야겠다. 엄마, 감사합니다. 사랑해요.

작은 아이들의 큰 이야기

1-9.
작가가 되는 길

엄마와 오빠가 줌으로 강의를 듣고 있었다. 어떤 걸 배우는지 궁금했다. 줌 화면에 어른들이 많았다. 그래도 꼭 한번 들어 보고 싶었다. 이은대 작가님의 글쓰기 강의였다. 강의가 끝나면 항상 손에 불이 나도록 박수를 쳤다. 엄마가 강의를 듣던 중 불쑥 줌 화면에 내 얼굴을 내밀기도 했다.

"나도 강의 듣고 싶다!", "재미있겠다!"라며 엄마에게 말했다. 엄마 옆에서 같이 강의를 듣기도 했다. 엄마 무릎에 앉아서 고개를 끄덕거리며 듣기도 하고, 웃으며 엄마에게 기대어 강의를 함께 듣기도 했다. 정말 재미있던 시간이었다. 드디어 엄마가 자이언트 북 컨설팅에 등록해 주었다. 오늘이 등록하고 처음 듣는 날이다. 설렌다.

'후, 떨린다. 재밌겠다.'

화면 앞에 앉았다. 부끄러웠지만 강의를 잘 들었다. 재미있었다. 강의를 듣는 만큼 글을 썼다. 책을 읽고 느낀 점을 썼다. 책을 읽고 상상하는 이야기도 썼다. 쉽진 않았다. 무엇보다 어떤 글을 쓸지 몰랐다. 머리가 멍해질 때가 많았다. 그런데 쓰는 시간보다 고민하는 시간이 대부분이었다.

"아, 오늘은 뭐 쓰지. 모르겠다."

막막했다. 기막힌 생각 하나 안 났다. 글이 도무지 써지지 않는다.

글을 쓰면 나만의 솔직한 생각으로 채울 수 있다. 재미있는 글을 지렁이 기어가듯 쭉 이어 쓰면 나만의 책이 완성될 것이다. 나만의 책을 상상하니 기분이 좋았다. 글을 쓰면 상상력을 키울 수 있다. 좋은 단어, 나쁜 단어를 구분할 수 있다. 맞춤법도 배우게 된다. 글을 쓰면 많은 걸 배울 수 있다는 것이 신기하다. 글이 술술 써지기만 하면 더 원할 게 없겠다.

나는 강아지 얘기나 일상생활 속 신기한 일을 쓰고 싶다. 가족과 함께했던 일도 쓰고 싶다.

'아, 오늘은 가족 이야기를 쓸까? 강아지 이야기를 쓸까?'

나는 항상 행복한 고민을 하게 된다. 그중 하랑이 이야기를 쓸 때 기분이 좋다. 이젠 강의도 수시로 듣는다. 글 쓰는 것을 즐기는 작가가 되고 싶다. 비록 아직 어리지만 나는 재미있는 글을 많이 쓰는 작가가 될 것이다. 멋진 작가가 되고 싶다. 어떤 주제를 내어도 어려움 없이 글을 쓰고 싶다. 이제 시작이다! '책은 나의 전부야!'라고 말하면 모두 믿을 만큼 책도 많이 읽을 것이다.

만약에 내가 유명한 작가가 된다면 나처럼 어린 작가 친구들에게 이렇게 말할 것이다.

"작가가 되는 길은 어렵지 않아요. 하지만 노력이 필요한 거예요. 글을 열심히 쓰면 됩니다."라고 말이다. 나는 지금 그 과정을 거쳐 가고 있는 중이다. 지금은 막막하고 힘들어도 보답은 언제나 돌아온다. 내가 고생한 만큼 나에게 좋은 일이 있을 것이다. 난 포기하지 않을 거다. 이번 글쓰기만큼은 말이다. 쓰면 쓸수록 재미있다. 책 쓰기는 어떤 활동과 비교도 안 될 만큼 재미있다.

계속 쓰다 보면 작가가 될 것이다. 작가가 되기 위해 기다리지만 말고 매일 조금씩 쓸 것이다. 그러면 작가라는 도착 지점이 나올 거다. 맞다. 작가가 되려면 하루하루 기록해야 한다. 그 기록이 쌓이면 난 작가가 되어 있을 것이다. 출판사와 계약을 하는 모습을 상상하면 저절로 웃음이 피식 나온다. 행복한 작가가 되고 싶다.

1-10.
세종대왕님과 한글

세종대왕님은 대단한 분이다. 조선의 4대 왕이었다. 훈민정음을 만드셨다. 옛날엔 우리가 한글 말고 한자를 썼다. 양반들만 한자를 알아서 백성들이 억울한 일을 당하기도 했다. 그걸 알게 된 세종대왕은 안타까워했다. 그래서 한글을 만들었다.

"우와, 대단하다!"라는 말이 저절로 나온다. 어려운 백성을 위해 한글을 만들었다는 것을 생각하면 감동이다. 만약 한글이 없다면 이 책도 없을 것이다.

세종대왕이 나오는 영화도 있다. 제목은 〈나랏말싸미〉이다. 오빠와 같이 봤다. 세종대왕은 신하들의 반대에도 불구하고 백성을 위해서 글자를 만든다. 몸이 아프고 눈도 나빠서 새

작은 아이들의 큰 이야기

로운 문자를 만들기 어려웠다. 힘들었지만 결국은 훈민정음을 만들었다. 나는 세종대왕님의 끈기를 배우고 싶다. 다시 말해 끈기의 미덕을 말이다. 기다리고 생각하고 도와주는 것을 배우고 싶다. 나도 언젠가 리더가 된다면 기다리며 도와주는 사람이 되고 싶다. 세종대왕은 백성들부터 챙겼다. 나도 친구들부터 챙길 것이다. 나는 리더십이 강한 리더가 되고 싶다. 세종대왕을 보면 용기가 생긴다. 학교에서 반장 선거에 나간 적이 있다. 엄마는 내가 리더를 잘할 수 있을 거라고 말했다. 엄마의 말에 용기를 낼 수 있었다. 기분이 좋았다.

세종대왕은 어려움에 처한 백성을 도와주고 건강을 뒤로하고 훈민정음을 만들어 백성을 도와주셨다. 세종대왕님 덕분에 한글이 있다. 〈나랏말싸미〉 말고도 〈나는 왕이로소이다〉, 〈신기전〉, 〈하늘에 묻다〉 등 세종대왕의 이야기를 소재로 한 영화가 많다.

세종대왕님은 우리에게 소중한 왕이고, 위인이다. 우리에게 가장 중요한 것을 선물해 주었고 우리의 삶을 바꾸어 주었다. 많은 훌륭한 위인이 있지만 가장 존경하는 위인은 다름 아닌 세종대왕님이다. 전쟁도 많았다. 많은 위기를 거쳐 간 우리나라다. 한글이 없었다면 많은 사람들이 글을 쓰지 못하는 위기도 있었을 것이다. 그 위기를 극복했기 때문에 지금은 시집,

그림책, 동화책, 신문처럼 한글이 들어간 것들이 많다. 이 모든 것은 세종대왕이 있었기에 가능한 것이다. 한글날, 세종대왕이 하늘에서 내려다보며 웃을 것 같다. 훈민정음이 잘 사용되고 있어서 흐뭇해할 것이다.

만약 지금도 한글이 없었다면 억울한 일을 당하고 있지 않을까? 그림책은 어떻게 읽을까?

한자를 배우지 않았더라면 그림만 보며 책의 이야기를 예상할 것이다. 그렇게 되면 그림만 있는 그림책이 많이 나오지 않을까? 그럼 동화책은 어떻게 읽을까? 동화책은 글이 많으니 동화책을 읽으려면 한자 공부를 열심히 해야 할 것이다. 학교에서는 무엇을 배울까? 국어 말고 한자를 배울까? 지금처럼 국어 시간에 한글을 배우고, 한글로 적힌 글을 읽고 싶다.

친구들과 말할 때도 엄마랑 말할 때도 주변 사람들이랑 말할 때도 영어를 섞어 말할 때가 많다. 그래서 친구들과 훈민정음 게임을 해 보았다. 영어를 아주 많이 사용하고 있었다. 이렇게 영어를 많이 쓸 줄 몰랐다. 앞으로 한글을 잘 사용해야겠다.

백성을 사랑했던 세종대왕님이다. 건강도 뒤로하고 만든 훈민정음이다. 더욱 한글을 사랑해야겠다. 바르게 쓰고 바르게 말하는 습관도 들일 것이다.

　　　　　　　　　　　　　　　작은 아이들의 큰 이야기

2장

꿈을 향해 나아가다

박준한

2-1.
베이블레이드 팽이

    친구 집에 놀러 가기로 했다. 예스! 소리를 질렀다. 집 안을 세 바퀴쯤 돌았다. 나이스! 하늘을 나는 기분이다. 일주일 만에 친구 집에 다시 놀러 간다. 기대되어서 미칠 것 같다. 팽이 할까? 미니카 할까? 게임을 할까? 하고 싶은 게 많다. 흥분을 멈출 수가 없다.

    1월 1일 새해 첫날. 친구에게 놀이터에서 놀자고 전화를 걸었다. 친구 엄마가 집으로 놀러 오라고 했다. 바로 "네!"라고 대답했다. 엄마는 새해 첫날이니 친구 집에 오래 있지 말라고 당부했다. 가는 길에 엄마랑 마트에 들렀다. 빅파이, 바나나우유, 고래밥, 귤 한 상자를 샀다. 빅파이는 친구가 좋아하는 과자다. 나도 빅파이를 좋아한다. 초코파이랑 비슷하다. 초코파이는 안에 마시멜로가 들어 있지만 빅파이는 딸기잼이 들어 있다. 게다가 빅파이가 훨씬 납작하다. 친구와 나는 좋아하는 과자도 똑같다. 한 손에는 과자 봉지를 들고 한 손에는 장난감이 든 가방을 들었다. 무거웠다. 손가락이 떨어져 나갈 듯 아팠다. 내 입꼬리는 자꾸만 올라갔다.

공동 현관에서 호출을 눌렀다. 3초 뒤 열렸다. 엘리베이터가 내려온다. 오늘따라 느리다. 차라리 걸어가는 게 낫겠다고 생각했다. 계단을 세 칸씩 올라갔다. 반쯤 올라갔을 때 엘리베이터가 1층에 도착하는 소리가 들렸다.

그냥 내려가서 탈지 고민되었다. 계단을 올라가려니 어깨가 빠질 것 같았다. 다시 내려가서 엘리베이터를 타려니 올라온 것이 헛고생이 될 터다. 그냥 계단으로 올라갔다. 올라와 보니 별거 아니라는 생각이 들었다. 친구 집 초인종을 누르려는데 문이 열렸다. 친구가 얼굴을 내밀었다.

"빨리, 들어와!"

친구가 장난감 가방을 들어 주었다. 고마웠다. 얼굴을 보자마자 입이 다물어지지 않았다. 기대를 많이 해서인가 보다. 가방에서 바로 베이블레이드를 꺼냈다.

"붙자!"

친구는 초록색 팽이를 꺼낸다. 나는 주황색 팽이로 싸우기로 했다. 바닥에 철퍼덕 앉았다. 팽이 판을 사이에 두고 서로 마주 보았다. 긴장이 되었다. 친구랑 하는 팽이 시합은 오랜만이다. 이번에는 꼭 이기고 싶었다. 친구는 팽이를 잘한다. 배틀할 때마다 이긴다. 돌리는 힘이 남다르다. 연습은 안 한다고 했다. 나는 열심히 연습한다. 해도 잘 안 되는 나랑 다르게 친구는 잘한다. 팽이 도사 같다.

팽이를 돌리기 위해 몸체인 '런처'에 기다란 채를 끼운다. 팽이를 끼워 돌린다. 따닥! 소리를 낸다. 팽이가 제대로 장착되었다.

"쓰리, 투, 원! 고 슛!"

함께 외친다. 동시에 팽이 판에 팽이가 떨어진다. 처음엔 살짝 팅긴다. 친구 팽이가 중앙에서 돈다. 빠르게 회전한다. 역시 방어형 팽이다. 내 팽이는 외곽으로 올라간다. 그러다 중앙으로 내려와 처음으로 공격한다. 친구 팽이를 스치고 돈다. 내 팽이가 왔다 갔다 하면서 일곱 번쯤 반복한다. 친구의 팽이가 멈출 듯이 약하게 회전한다. 쓰러질 듯하다. 나는 드디어 이기겠구나 생각했다. 친구 팽이와 내 팽이가 부딪혔다. 예상과는 달리 친구 팽이는 멈추지 않고 계속 돌았다. 역시 친구는 팽이 돌리는 실력이 대단하다. 전설이다! 결국 친구 팽이보다 회전력이 강하던 내 팽이가 먼저 멈춘다. 어이가 없다. 어쩜 이렇게 질 수가 있는지 모르겠다. 혼자서 열심히 연습했기에 이길 수 있다고 생각했다. 혼자 연습하는 건 역시 무용지물인 것 같다.

"한 판 더! 이번엔 꼭 이기겠어!"

친구가 흔쾌히 허락한다. 친구 팽이와 내 팽이가 부딪힌다. 내 팽이가 빠르게 회전하고 친구 팽이가 느리게 회전한다. 계속해서 친구 팽이는 내 팽이와 격돌했다. 가까이서 계속 부딪히다 보니 한 줄기의 희망이 보였다. 친구의 팽이가 결국 멈췄다. 드디어 내가 이겼다. 내 팽이를 보니 분리되어 있었다. 그 뜻은 '버스트(Burst)'라는 거다. 팽이의 윗부분, 중간 부분, 밑부분이 모두 분리된 것이다. 내가 진 거다. 흥미진진했다. 이래서 친구랑 하는 팽이는 재미있다.

집에서 혼자 팽이를 돌린 적 있다. 여동생한테 팽이 하자고 했다. 동생은 요즘 레고에 빠져 있다. 지금도 레고를 가지고 놀고 있다. 난 개인적으로 레고를 싫어한다. 레고를 조립하는 실력도 형편없다. 내 기준에서 레고의 장점과 단점, 팽이의 장점과 단점을 말해 보겠다. 일단 레고의 장점은, 완성된 작품을 보고 있으면 스트레스가 풀린다. 뿌듯하다. 단점은 설명서를 이해 못 하겠다는 거다. 설명서가 뒤로 갈수록 복잡하다. 팽이의 장점은, 팽이를 돌리고 승부를 보는 것이 즐겁다는 것이다. 누가 이길지 예상할 수 없는 승부가 좋다. 내 팽이가 이길 것 같아도 예상치 못할 결과를 만드는 게 재미있다. 단점이라고는 없다고 말하고 싶지만 있다. 돌리다 보면 팔이 아프다. 계

작은 아이들의 큰 이야기

속 돌리다 보면 진짜 그렇다. 돌려 본 사람만 안다. 팽이가 한 번씩 경기장 밖으로 튀어 나가는 사고가 있다. 하필이면 늘 내 다리에 떨어진다. 아프다. 가장 치명적인 단점은 혼자 하면 재미가 없다는 것이다.

시은이에게 팽이 하자고 말했지만 아쉽게도 실패다. 생각을 존중해 준다. 어쩔 수 없다. 팽이 판과 팽이를 가지고 거실로 나갔다. 소파에 팽이 판을 올렸다. 팽이 하나를 집어서 런처에 장착시키고, 다른 팽이도 런처에 장착시킨다. 한 개씩 돌린다. 돌아가긴 돌아간다.

혼자 하는 대결은 재미가 없다. 혼자서 팽이 두 개를 같이 돌리면 정정당당한 승부가 되지 않는다. 이기려는 열정이 느껴지지 않는다. 역시 같이 노는 게 최고다. 팽이! 같이 돌리고 싶다. 팽이는 같이 돌릴 때가 좋다.

2-2.
함께 닌텐도

닌텐도! 너무 재미있다. 가장 최근에 나온 닌텐도를 샀다. 백 개의 보드게임이 들어 있다. '마리오 파티 슈퍼스타즈'다. 이걸 사려고 한참 동안 돌아다녔다. 힘들었다. 처음엔 시내에 가서 사려고 했다. 사려고 했던 곳이 주말이나 공휴일에는 쉰다고 했다. 아빠는 다른 곳을 알아보았다. 다른 가게도 주말에는 문을 안 연다고 했다. 아빠는 더 알아보더니 이마트에서 살 수 있다는 걸 알아냈다. 다행이었다.

집으로 가는 차 안에서 빨리 해 보고 싶은 마음이 가득했다. 설레는 마음으로 닌텐도 칩 케이스를 열었다. 조그만 칩 하나가 보였다. 이 칩 하나에 백 개의 보드게임이 들어 있다니, 지금 생각해도 엄청나다. 닌텐도를 해 봤기 때문에 잘 안다. 엄청나게 재미있을 거라는 것 말이다. 칩을 꺼내 닌텐도에 넣

작은 아이들의 큰 이야기

었다. TV에 연결한다. 바로 시작되었다. 1인용을 할 것인가? 2인용을 할 것인가? 묻는다. 당연히 2인용이다! 화면에 백 개의 보드게임이 나왔다. 입이 다물어지지 않았다. 게임이 빽빽하게 줄지어 있다. 이런 건 처음 본다. 최신은 최신인가 보다. 그중에서 '불타는 줄넘기'를 선택했다. 조작하는 방법이 나온다. 설명도 자세하게 나온다. 게임 방법은 점프 버튼을 눌러서 줄넘기를 피하면 된다. 줄넘기가 돌아가는 속도가 계속 바뀐다. 같았다면 얼마나 좋았을까. 바뀌지 않으면 1등은 따 놓은 당상인데 말이다. 아쉽다. 줄넘기가 불탄다. 넘다가 몸에 맞으면 아웃되는 게임이다. 시작하자마자 아웃되었다!

"……."

여동생은 2등 했고 난 4등 했다.

'등껍질 축구'를 해 보기로 했다. 축구를 좋아하기 때문에 게임도 재미있어 보였다. 2 대 2로 하는 배틀 게임이다. 시은이와 한 팀이 되었다.

"시은아, 오빠만 믿어!"

동생이 더 잘했다. 머쓱했다. 게임과 현실은 다르다는 것을 다시 한번 느낀다. 한판 더 하기로 했다. AI가 공을 몰고 온다. 태클을 걸어 공을 뺏었다. 슛! 동생과 서로 주먹을 친다. 손에 땀이 난다. 동생이 슛을 잘할 수 있도록 AI를 막았다. 동생이 골을 넣었다. 신이 났다. 동생과 하이 파이브를 했다.

'슬슬 다른 걸 좀 해 볼까?'

난 '봅슬레이'가 하고 싶었다. 엄청난 속도로 달리면 기분이 상쾌할 듯했다. 과학 시간에 영상으로 본 적이 있다. 재미있어 보였다. 동생은 '불타는 줄넘기'가 또 하고 싶다고 말한다. 이 칩은 내 것이니 내 마음이라고 말했다. 동생은 공평한 해결책을 내놓았다. 가위바위보로 결정하는 것이다. 우리는 힘차게 말했다.

"가위! 바위! 보!"

난 가위를 냈다. 동생은 묵을 냈다. 늘 가위를 내고 진다. 한 두 번도 아니다. 질 걸 뻔히 알면서도 가위를 자꾸 내게 된다. 생각까진 좋았다만 몸이 다르게 행동했다. 게임이 시작되었다. 불타는 줄넘기가 다시 시작되었다. 나는 3등 했다. 그래도 조금 더 잘하게 되어 다행이었다. 동생은 1등 했다. 꼴등이 아니라 다행이었다. 오빠인 내가 꼴등이면 자존심이 상했을 거다. 동생은 다시 가위바위보를 하자고 했다. 이번에는 꼭 이기고 싶었다.

"가위! 바위! 보!"

난 가위. 동생은 묵. 나도 모르게 또 가위를 냈다. 불타는 줄넘기가 다시 시작되었다. 이번에는 2등까지 살아남았다. 동생은 1등이다.

줄넘기는 점프가 생명이다. 점점 빨라지는 줄넘기는 더욱

작은 아이들의 큰 이야기

힘들다. 잘하던 동생도 한계가 왔는지 아웃되었다. 드디어 내가 1등 했다. 하지만 손에 힘이 풀려서 바로 아웃되었다. 겨우 이긴 것이다.

'봅슬레이'로 게임을 바꾸었다. 동생과 팀으로 하는 게임이다. 역할을 나누기로 했다. 나는 방향 조종을 맡았다. 동생은 빠르게 가는 엔진을 맡았다. 잘하는 역할을 맡았으니 우리 팀이 이길 거라고 확신했다. 빠르게 버튼을 클릭하면 속도가 빨라진다. 그때 봅슬레이에 올라탄다. 빠른 속도로 가기만 하면 되는 게임이 아니었다. 옆벽이 뚫려 있다. 현실 봅슬레이는 옆벽이 뚫려 있지 않은데 말이다. 그래서 게임이 어렵다. 시작하자마자 봅슬레이를 밀었다. 코스를 돌며 벽에 부딪혔지만 잘 나가고 있었다. 동생과 하이 파이브를 짝! 쳤다. 지금까지는 기분이 좋았다. 갑자기 벽이 뚫려 있는 곳이 있었다. 겨우겨우 나아갔지만 방향을 잘못 바꾸면서 떨어지고 말았다.

"안 돼!"

우리의 봅슬레이는 떨어졌다. 게임은 끝이 났다. 재미있지만 어려웠다.

여동생이 게임을 고를 차례다. 동생은 '피자 먹기'를 선택했다. 또 팀 배틀이다. 주어진 시간에 피자를 먹으면 되는 거다. 걱정이 되었다. AI를 이길 수 있을지 의문이었다. 불안했다. 접시를 기어다니면서 피자를 먹어 댄다. 현실의 나라면 이건 불가능하다. 거대한 피자 반을 먹다니. AI에게 졌다. AI가 너무 잘한다. 난이도 쉬움을 선택해도 말이다. 역시 AI에게 덤비는 건 쥐가 고양이에게 덤비는 것과 비슷한 것 같다. 이길 수 없는 상대로 느껴졌다. 시간이 꽤 지났을 때였다. TV에 내 컨트롤러가 '배터리 부족'이라고 떴다. 한참 동안 게임을 한 거다.

동생이랑 게임 하면 즐겁다. 같이 하면 재미도 배가 된다. 시간이 빨리 간다. 게임 할 때는 마음이 잘 맞다. 하이 파이브도 많이 한다. 평소에는 마음이 안 맞아서 싸울 때가 많다. 평상시에 게임을 하는 마음으로 동생과 얘기해야겠다. 동생이랑 또 닌텐도를 하고 싶다. 동생과 잘 지내기 위한 방법으로 좋은 것 같다. 자주 싸우는 사람과 잘 지내려면 함께할 수 있는 놀이 하나쯤은 만들면 좋겠다. 게임이든, 무엇이든 즐거운 시간을 보내면 된다.

작은 아이들의 큰 이야기

2-3.
마녀가 있다면

　　『마녀를 잡아라』의 책 표지를 보았다. 검은 옷, 검은 장갑, 검은 머리의 한 여자가 무섭게 손을 올리고 있었다. 대머리에 갈고리 손톱이며, 코가 큰 사람들이 검은 여자를 쳐다보고 있었다. 로알드 달의 책은 흥미진진하다. 『마녀를 잡아라』도 읽기 전부터 그랬다. 영화로 먼저 접한 책이라서 어떻게 쓰여 있는지 더욱 궁금했다.

　　주인공 남자아이인 찰리는 영국에서 살았다. 눈이 많이 온 겨울날에 차가 미끄러지면서 사고가 났다. 그 사고로 부모님을 잃게 된다. 고아가 된 신세다. 어쩔 수 없이 할머니가 사는 노르웨이로 갔다. 할머니는 마녀에게 잡혀간 아이들의 이야기를 해 준다. 마녀는 아이들을 가장 싫어한다. 세상의 모든 아이를 생쥐로 만들려고 한다. 찰리는 마녀를 두 번 만나게 된다. 처음 만난 날은 무사히 도망친다. 그러나 두 번째로 만난 날에 생쥐로 변하게 된다. 찰리는 생쥐가 되어도 괜찮다고 말한다. "생쥐니까 교통사고 날 수 없어요."라고 말하며 할머니를 위로한다. 찰리는 사람일 때보다 행복해 보였다.

마녀는 사람과 다르다. 사람에게는 따뜻한 마음이 있다. 마녀는 양심도 마음도 없는 것 같다. 마녀를 구별하는 방법이 나왔다. 침이 파랗다. 이에는 푸르스름한 얼룩도 있다. 장갑을 착용하고 있으며 눈 색깔이 바뀐다. 콧구멍도 거대하다. 머리에는 가발을 쓰고 있다.

난 책을 읽고 나서 두려움에 벌벌 떨었다. '마녀가 실제로 있다면?'이란 생각이 들었다. 마녀는 배수관을 타고 올라오거나, 창문으로 들어오지는 않는다고 나온다. 마녀도 인간이 진화하는 것처럼 더 똑똑해졌을까 봐 무서웠다. 열흘 동안 마녀가 나타나지 않을까 걱정이었다. 마녀가 나오는 악몽까지 꿨다. 마녀 악몽은 악몽 중 최고 악몽이었다. 가장 최근에 꾼 꿈이 하나 있다. 엄마와 여동생과 함께 마녀들이 운영하는 고급 초콜릿 가게에 갔다. 초콜릿을 고르고 나서 계산대로 다가갔다. 갑자기 마녀가 내 손목을 잡고 말했다.

"더 맛있는 초콜릿을 줄 테니까 저 안에 같이 들어가자."

들어갈 뻔했다. 엄마가 내 손목을 잡았다. 꿈이지만 마녀에게 안 넘어가서 다행이었다. 마녀를 구별하는 방법으로 마녀는 침이 파랗고 콧구멍이 거대하다고 했다. 코로나19 바이러스 때문에 다들 마스크를 끼고 있는데 어떻게 알아볼 수 있을까 하는 걱정도 되었다. 마녀를 본 적은 없지만 대비해서 나쁠 건 없다고 생각한다. 그래서 책과 영화 속에 나왔던 마녀 모습을 여러 번 떠올려 보았다. 생각하면 할수록 무서웠다.

'마녀는 이야기에서만 나올 뿐, 실제로 존재하지 않아!'라고 셀 수 없이 생각했지만 똑같았다. '귀신은 미신일 뿐이야.'라고 생각해도 귀신이 무서운 것처럼 말이다. 이 기분을 어떻게 해야 떨쳐 낼 수 있을지 떠오르지 않았다.

또 악몽을 꿨다. 우리 집이었다. 마녀가 집에 들어왔다. 동생 방에 숨어 들어갔다. 나는 달려가서 마녀의 머리를 뿅망치로 여러 번 쳤다. 마녀가 점점 작아졌다. 결국 먼지만 남기고 사라졌다.

악몽을 여러 번 꿨다. 『마녀를 잡아라』를 더 이상 읽으면 안 될 것 같기도 했다. 하지만 계속 읽게 된다. 무섭지만 스릴 있다. 책을 놓을 수가 없었다. 읽으면 읽을수록 더욱 생생하게 느껴진다. 무서운 마녀가 더욱 악랄한 마녀로 느껴진다. 악몽에 또 나올 것 같아 두렵기도 하다. 하지만 책을 읽으면 읽을수록 좋은 점도 있었다. 『마녀를 잡아라』 속 주인공인 찰리가 더욱 용기 있어 보였다. 고난이 있었지만 포기하지 않았다. 겁먹지 않고 끝까지 해냈다.

어른이 되면 무서움을 덜 타게 될까? 자라면서 무서움도 줄어든다고 엄마가 말했다. 엄마도 어릴 적에는 작은 것에 깜짝깜짝 놀라고 무서워했다고 알려 주었다. 어른인 지금은 괜찮다며 나를 안심하게 해 준다. 내가 무서운 상상을 하면 그 이야기를 글로 써 보라고 했다. 흥미진진한 소설이 될 거라고 얘기해 주었다. 악몽을 꾸고, 무서운 마녀 상상을 할 때 이야기로 써 봐야겠다.

2-4.
반려견 산책

토요일 아침 6시 30분에 일어났다. 7시부터 9시까지 온라인으로 글쓰기 수업을 들었다. 11시 30분부터는 한국사 수업이 있다. 토요일 아침은 바쁘다. 수업이 끝나고 집에 왔다. 소파에 앉아 텔레비전을 봤다. 엄마가 다가왔다. 주말에는 시은이와 내가 반려견 하랑이를 산책시키기로 되어 있었다. 재빨리 소파 뒤로 숨었다.

"하랑이 데리고 산책 갔다 와."

쉬고 싶었다. 동생이랑 하랑이를 데리고 나갔다. 추운 날인데 무슨 산책을 하나 싶기도 했다. 한 사람이 산책을 시키는 동안 한 사람은 킥보드를 타기로 했다. 누가 먼저 하랑이를 산책을 시킬지 가위바위보로 정하기로 했다.

"안 내면 진다. 가위! 바위! 보!"

시은이가 이겼다. 하랑이가 옆에서 뚫어져라 쳐다본다. 언제 산책하냐고 물어보는 것 같았다. 미안한 마음이 들었다. 그럴 리는 없겠지만 가위바위보 진 사람이 먼저 산책시키기 내기를 한 걸 하랑이가 알아들었으면 어떡하지 싶어 걱정이 되었다.

"하랑아, 미안해."

머리를 살포시 쓰다듬어 주었다. 하얀 털이 보드랍다. 하랑이가 춥진 않을까. 걱정되었다. 하랑이를 안았다. 동생은 킥보드를 챙겼다. 엘리베이터를 타고 내려왔다. 나와서 알게 되었다. 오늘 날씨가 꽤나 춥다는 것을. 빨간 조끼만 입은 하랑이가 추울까 봐 앞에 서서 바람을 막아 주었다. 잘 걷는 하랑이가 대견스러웠다. 이렇게 좋아할 줄 알았다면 진작 나올 걸 그랬다. 주말이라서 그런지 놀이터에 사람들이 많다. 하랑이 옆에 섰다. 〈세상에 나쁜 개는 없다〉 프로그램에서 강아지랑 산책할 때는 옆에서 걸으라고 했다. 옆에 섰다. 꼼짝 안 한다. 뒤에 섰다. 하랑이가 앞으로 걸어간다. 내가 꼭 보디가드가 된 것 같았다.

하랑이를 데려오던 날이 떠오른다. 차 안에서 안아 주었다. 2021년 1월 1일, 새해 첫날이었다. 지금 같은 겨울이었다. 분홍색 털 담요를 깔아 주었다. 지금도 하랑이는 이 담요를 제일

작은 아이들의 큰 이야기

좋아한다.

당시에 하랑이는 아기 강아지였다. 데리러 가기 전에 하랑이라고 이름을 지어 주었다. 나의 도마뱀 이름이 화랑이다. 신라 화랑처럼 용감하게 자라라고 그렇게 지었다. 하랑이도 화랑처럼 용감하면 좋겠다는 마음이었다. 생일이 빼빼로데이라서 처음에는 이름이 빼빼로가 될 뻔했다. 하얀 털이라서 하양이가 될 뻔하기도 했다. '하얀색 화랑'이란 의미로 하랑이라고 지어 주었다. 이름처럼 용감하다. 공을 엄청 좋아한다. 하얀색의 통통한 강아지, 하랑이다. 걸어 다니는 모습이 제일 귀엽다. 데려올 때 내 무릎 위에 앉아서 왔다. 이리저리 움직이다가 내 팔에 기대어 자던 때가 생각난다. 차 바깥 풍경을 보다가 하랑이를 보니 새근새근 자고 있었다. 집에 오자마자 온 집안을 돌아다니며 냄새를 맡았다. 뒷모습이 귀여웠다. 진짜 조그마했었는데. 엊그제 일 같이 생생하다. 하랑이는 휴지통에 비친 자기 모습을 보고 깜짝 놀랐던 적이 있다. 지금은 창문에 자기 모습이 비친 걸 보고 깜짝 놀랄 때가 있다. 그럴 때는 엄청 짖는다. 그러다가도 코를 킁킁 냄새를 맡는다. 물론 냄새는 나지 않는다. 코가 창문에 닿으면 깜짝 놀란다. 줄행랑을 치기도 한다. 그 모습이 어찌나 귀여웠는지. 보지 못한 사람은 상상도 못 할 것이다.

산책할 때 한시도 멈추지 않고 앞으로 걸어갔다. 이렇게 산책을 잘한 적은 없었다. 아니면 산책시키는 방법을 터득하지 못한 탓이었을까? 두 번째로 가 보는 집 앞 산책길. 예전에 장미 줄기인지도 모르고 냄새를 맡다가 가시에 찔린 적 있다. 그래서일까? 이번에는 장미 줄기는 거들떠보지도 않는다. 한참을 가다 뒤돌아서 본다.

"옳지, 잘한다!"

칭찬을 해 주었다. 하랑이는 풀밭에 올라갈까 말까 고민하는 듯 보였다. 그러다 혼자서 점프한다.

"옳지! 잘했어! 오구, 잘했어!"

풀 냄새를 맡는다. 킁킁킁. 난 하랑이가 냄새 맡을 동안 근처를 걸었다. 솔방울이 떨어져 있는 걸 발견했다. 산책할 때 솔방울을 던져 준 적 있다. 솔방울이 공인 것처럼 하랑이는 솔방울을 물어 왔다. 그러다 힘들었는지 길바닥에 앉는다. 솔방울을 물고 씹고 노는 것 같았다. 한참 동안 가지고 놀았다. 알고 보니 솔방울을 먹고 있던 거였다.

하랑이는 반려견이다. 산책을 많이 시켜 줘야 한다. 나랑 동생이 학교 갔을 때는 엄마랑 산책한다. 학교에 안 가는 토요일과 일요일에는 시은이와 내가 산책을 시켜 준다. 그런데 하랑이 앞에서 누가 먼저 산책 시켜 줄지 가위바위보를 했다. 미안한 마음이 들었다. 진심으로 사과했다. 하랑이와 추억을 많이

작은 아이들의 큰 이야기

쌓고 싶다. 엄마가 얘기하기 전에 먼저 하랑이랑 산책 나와야
겠다. 집에 돌아올 때는 하랑이가 보디가드처럼 앞장섰다. 듬
직하다.

　하랑이 발걸음 소리는 기분 좋은 소리다. 경쾌하다. 나에게
행복을 준다. 나도 하랑이에게 행복을 주고 싶다.
　"산책 가자, 하랑아."

2-5.
아빠 최고!

아빠는 멋진 사람이다. 케이크가 먹고 싶어서 아빠한테 말한다. 그러면 아빠는 무슨 케이크가 먹고 싶은지 묻는다. 아이스크림케이크가 먹고 싶은지, 빵케이크가 먹고 싶은지. 아이스크림케이크라면 어떤 맛이 좋은지 또 묻는다. 빵케이크가 먹고 싶다고 하면 초코가 좋은지, 생크림이 좋은지. 내가 더 좋아하는 걸로 사 주려고 한다.

아빠는 내가 사고 싶은 것이 있으면 사 준다. 내가 어떤 걸 좋아하는지 늘 물어본다. 마트에서 장난감을 사 줄 때 엄마와 기준이 달랐다. 비싸도 내가 사고 싶은 걸 사 주었다. 아빠 최고!

아빠는 게임 실력자다. 나보다 게임을 잘한다. 같이 게임 하면 승부욕이 생긴다. 아빠는 봐주지 않는다. 장난도 많이 친

작은 아이들의 큰 이야기

다. 게임에서 이기고 싶어진다. 아빠보다 재미있게 놀아 주는 사람은 없다. 아빠는 나의 자랑이다.

아빠는 장난을 많이 친다. 바닷가에 갔다. 절벽 위를 걷고 있었다. 아빠가 장난친다. 밑은 바다다. 깊고 깊은 바다! 아빠가 떨어지는 줄 알고 깜짝 놀랐다.

"아빠, 쫌!"

여동생과 내가 같이 외쳤다. 아빠가 갑자기 달렸다. 중심 잃고 떨어지면 어떡하나 걱정이 되었다. 아빠가 내려왔다. "휴." 절로 나오는 소리. 아빠가 다칠까 봐 동생과 나는 마음이 조마조마했다. 하지만 아빠는 우리가 놀라는 걸 보고 웃었다. 어휴!

아빠는 식육점 사장님이다.

친구들한테 자랑했다. 애들이 부러워했다. 어깨가 한껏 올라간다. 고기가 비싸서 그런가 보다. 나는 아빠 가게 고기를 먹으니까. 나에게 고기는 공짜다. 무한대로 먹을 수 있다. 맛있는 부위만 골라서 준다. 먹으면 부드럽다. 맛있어서 자꾸 먹게 된다. 나한텐 그렇다. 우리 반에서 우리 아빠가 고깃집 한다는 걸 모르는 애는 없을 거다. 내가 자랑을 많이 했다. 선생님도 아신다. 선생님한테도 자랑을 했다.

아빠는 역사를 잘 안다. 역사에 대해 궁금한 게 있으면 아빠한테 물어본다. 역사하면 아빠니까. 잘 알려 준다. 쉽게 설명해 준다. 역시나 귀에 쏙쏙 들어온다. 머릿속에 상황이 그려지게 알려 준다. 아빠가 알려 주는 역사는 기억에도 잘 남는다. 아빠는 학교 다닐 때 역사를 엄청 좋아했다고 한다. 그래서 지금까지도 알고 있는 것이 많다. 그리스 로마 신화도 잘 안다. 헤라클레스와 아킬레스의 차이점도 알 거다. 물어봐야겠다.

아빠는 재미있게 놀아 주는 사람이다.

'뭐 하지? 심심하네.'

아빠한테 팽이 하자고 했다. 혼자 하면 재미가 없다. 아빠가 시합하자고 했다. 돌리는 힘이 달랐다. 이겼다, 졌다, 이겼다, 졌다. 아빠와 나는 막상막하였다. 나는 팽이 전문이다. 아빠한테 지면 자존심이 상한다. 아빠도 마찬가지일 거다. 아빠가 강슛을 성공했다. 그래도 내가 이겼다. 웃었다. 아빠랑 놀면 재미있다.

아빠는 맛있는 걸 많이 사 준다. 역시 아빠랑 나오면 햄버거다. 불고기버거 세트를 시켰다. 아빠는 겨울이지만 우리가 아이스크림을 원하면 아이스크림을 사 준다. 난 언제나 딸기! 시은이는 초코! 나는 초코 맛이 너무 달아서 좋아하지 않는다. 아빠랑 나오면 맛있는 걸 많이 먹어서 좋다.

아빠한테 서운할 때도 있다. 아빠는 동생 편을 들어 준다.

　　　　　　　　　　　작은 아이들의 큰 이야기

내 편도 들어 줬으면 하는 생각이 자주 든다. 동생이라서 그러는 건 알지만 그래도 서운하다.

'나보다 동생을 더 사랑하나?' 동생이랑 함께 있으면 나는 덜 사랑받는 것 같다. 속상하다. 여러 가지 복잡한 감정이 든다. 나한테도 상냥한 목소리로 말해 주면 좋겠다.

아빠는 나에게 소중한 사람이다. 동생한테 더 잘해 주는 것 같아서 서운할 때도 있지만 말이다. 사랑하는 마음은 똑같다는 걸 안다. 내 생각을 많이 물어봐 주고 내가 좋아하는 것을 기억해 준다. 내가 수영장이나 스키장을 좋아한다는 걸 알기에 많이 데리고 놀러 간다. 아빠는 나를 많이 사랑한다. 나도 아빠를 많이 사랑한다. 언제나 아빠가 자랑스럽다. 나도 아빠에게 자랑스러운 아들이 될 것이다.

2-6.
함께하면 즐거워

학교에서 팽이를 했다. 팽이는 내 친구다. 내 꿈 중 '팽이 과학자'라는 꿈이 있다. 베이블레이드를 직접 만들겠다는 꿈도 있다. 물론 학교에는 디폼블럭 팽이를 만들어 간다. 친구들 중 몇몇은 내 팽이를 따라 만든다.

만화에서는 팽이가 주인 말을 잘 듣는다. 실제로는 왜 생각대로 안 되는지 모르겠다. 오른쪽으로 가라고 하면 왼쪽으로 간다. 왼쪽으로 가라고 하면 오른쪽으로 간다. 청개구리가 따로 없다. 아니, 청팽이가 따로 없다. 그래도 나만의 기술을 익히려고 노력한다.

옆 반 친구가 팽이를 하고 있었다. 같이 하자고 했다. 자세히 보니 팽이가 컸다. 높이는 디폼블록 1개. 모양은 창문 모양

작은 아이들의 큰 이야기

이었다. 친구 팽이는 오랫동안 돌았지만 방어력이 낮았다. 난 정면 승부를 하기로 마음먹었다. '라이트닝 드래곤'. 내 최강 팽이다. 높이는 2층으로 구성되어 있다. 이름이 길어서 그냥 '드래곤'이라고 부른다.

"가랏! 드래곤!"이라고 외치면 빨라지는 느낌이다. 부딪히면 방어력과 공격력을 가진 나에게 유리할 거라 생각했다. 그 순간. 두 팽이가 강렬하게 부딪혔다. 계속해서 부딪힌다. 드래곤이 친구 팽이의 에너지를 흡수한다. 드래곤은 빨라지고 상대 팽이는 느려졌다. 친구 팽이가 바닥에 쓸린다. 내가 이기고 있었다. 내 팽이도 조금씩 흔들렸다. 상대 팽이가 1초쯤 먼저 멈췄다. 우리 반 친구들에게 자랑했다. 뭔가 성취감이 있었다.

하교 시간. 팽이 돌리는 중이었다. 옆 반 친구가 왔다. 같이 하자고 한다. 내가 밀렸다. 내 팽이는 베이블레이드 모양인데 옆 반 친구 건 전통 팽이 모양이다. 도토리 모양이었다. 옆 반 친구가 이기고 있었다. 충격이 컸다. 내 팽이가 흔들린다. 결국 먼저 멈췄다.

'어째서 졌지?'

팽이를 더 잘하고 싶었다. 우리 반 친구들과 시합을 하면서 연습했다. 내 팽이가 반으로 부서졌다. '하나 가지고 뭘 그래.'라고 생각하고 계속한다. 또 하나가 부서진다. 또 하나. 총

3개가 망가졌다. 결국 이겼다. 친구가 봐줬을지도 모르겠다. 약하게 돌렸을지도. 친구와 시합을 계속했다.

"3! 2! 1! 고! 슛!"

돌린다. 부딪힌다. 버틴다. 세게 부딪혔다. 내 팽이가 떨어진다. 이번엔 강슛이다. 분명히 오른쪽으로 돌렸는데 왼쪽으로 돌아간다. 이것은 마법 같다! 친구와 이렇게 팽이를 하니 즐겁다. 혼자 하면 재미없다.

방학이 끝나고 학교에 갔다.

"야, 팽이 하자."

친구들은 이제 팽이는 안 한다고 했다. 같이 팽이 하려고 기대하고 학교 갔는데. 혼자라도 돌려 본다. 재미없다. 함께 팽이 하던 5학년 1학기가 생각날 뿐이다.

수학 선생님이 그랬다. "수학은 연습이다. 연습밖에는 답이 없다." 팽이도 마찬가지다. '팽이는 연습이다. 연습밖에는 답이 없다.' 누가 알면 좀 가르쳐 줬으면 좋겠다. 강슛하는 방법도 가르쳐 주면 좋겠다. 소원을 들어주는 지니가 있다면 빌고 싶다. 소원은 친구들과 팽이 하는 것이다. 애들이랑 팽이 배틀하면 흥미진진하다. 그런 점이 팽이의 매력이다.

함께 팽이 하고 싶다. 하루 종일 해도 재미있을 것이다. 좋아하는 것은 지루하지 않다. 흥미롭다. 힘들고 하기 싫은 일 있을 때마다 팽이를 생각해야겠다. 팽이를 연습하는 것처럼 다른 것도 연습하면 잘하게 되지 않을까.

2-7.
두려움을 이겨 내려면

『내 친구 꼬마 거인』을 읽었다. 로알드 달 책이다. 엄마한테서 들었다. 로알드 달은 훌륭한 작가라고 말이다. 로알드 달 책은 하나같이 다 재미있다. 『마틸다』, 『찰리와 초콜릿 공장』, 『아북거, 아북거』, 『창문 닦이 삼총사』와 『내 친구 꼬마 거인』이다. 『내 친구 꼬마 거인』은 로알드 달 책을 읽을 때 두 번째로 읽은 책이었다. 엄마의 추천으로 읽게 되었다. 표지에는 커다란 할아버지가 바위 위에 앉아 있다. 할아버지 옆에는 커다란 가방이 있다. 할아버지는 거인처럼 보였다. 귀가 여자아이의 키 정도였다. 손에는 커다란 나팔이 있다. 다른 손에는 여덟 살쯤 되어 보이는 여자아이를 들고 있었다. 둘이 이야기를 나누는 느낌이었다. 무서운 거인이 아닌 착한 거인으로 보였다.

작은 아이들의 큰 이야기

소피라는 여덟 살 정도로 보이는 여자아이가 주인공이다. 영국 고아원에 산다. 한밤중 창문을 본다. 커다랗고 검은 형체가 보인다. 거인을 본 소피는 거인에게 납치된다. 거인은 소피를 거인 나라로 데려간다. 거인 나라는 지도 밖에 있다. 소피를 잡아 온 거인은 가장 작은 거인이었다. 이름은 '선량한 꼬마 거인'. 줄여서 '선꼬거'이다. 선꼬거는 꿈을 잡아서 사람들에게 나눠 주는 착한 거인이었다. 소피와 선꼬거는 인간을 잡아먹는 나쁜 거인들을 혼내 준다. 영국 여왕님의 도움을 받는다. 영국 군인들과 소피, 선꼬거는 나쁜 거인들을 구덩이에 가둔다.

소피는 가족이 생겼다. 여왕님과 함께 살게 되었다. 선꼬거와도 서로 소식을 전해 주며 산다.

소피가 작은 거인에게 잡혀갔을 때 얼마나 무서웠을까 생각했다. 나보다 엄청나게 큰 거인이 나를 손으로 움켜쥔다면 무서워서 벌벌 떨었을 것이다. 기절했을지도 모른다. 거인 나라에서도 아이를 잡아먹는 거인과 마주쳤을 때 기절할 정도로 떨었을 것 같다. 소피는 그러지 않았다. 용감했다.

이사 오기 전, 아파트 계단이 무서웠다. 여섯 칸쯤 올라가면 엘리베이터를 타는 곳이 있는데 그곳이 가장 무서웠다. 어두컴컴했기 때문이다. 이웃을 만나지 않으면 두려움에 떨며 올라가야 했다. 『명탐정 코난』을 읽은 후론 더욱 그랬다. 하필 밤에 읽어서 더욱 무서웠다. 무서울 때는 엄마와 통화하면서 계단을 올라간다. 엄마랑 얘기하면 무섭지 않다. 혼자 올라가야 할 때는 두 칸씩 뛰어 올라가거나 돌아서 간다. 학교 갈 때에도 돌아서 간다고 지각하기도 했다.

나는 멧돼지도 무서워한다. 멧돼지 괴물이 나오는 꿈을 꿔서 그렇다. 악몽이었다. 꿈에 학교가 나왔다. 어두웠다. 멧돼지가 갑자기 쫓아왔다. 선생님이 있었다. 처음 보는 선생님이었다. 갑자기 움직이지 말라고 당부한다. 실수로 재채기를 했다. 크게 연속 3번 했다. 멧돼지가 울부짖는다. 멧돼지의 몸의 형태가 변했다. 그냥 멧돼지가 아니다. 가시가 있다. 평범한 멧돼지의 두 배 크기다. 내가 놀라서 그만 "으악!" 하고 소리쳐 버렸다. 멧돼지가 더 커지고 무서워졌다. 평범한 멧돼지보다 다섯 배 더 큰 크기다. 가시도 더 커진다. 멧돼지라고 할 수도 없다. 벽을 쿵쿵 박는다. 잠에서 깼다. 땀이 흥건했다. 다시 잤다. 또 그 꿈이다. 일어났다가 자기를 반복한다. 엄마한테 갔다. 엄마랑 있으면 무서울 것이 없다. 엄마 옆에서 잤다. 엄마가 안아 준다. 오늘따라 엄마 품이 더 따뜻하다.

꿈이었는지는 모르겠다. 아침에 일어났다. 머리를 감고 나왔다. 드라이기를 꽂고 거울 앞에서 말리고 있었다. 거울에 한 여자아이가 비쳤다. 동생은 아니었다. 아직도 그 기억이 생각난다. 무섭다. 그 꿈을 꾼 날인지는 모르겠다. 아빠는 꿈에서 3학년 정도의 남자아이가 나오는 꿈을 꿨다고 했다. 지금 난 생각한다. 그 아파트엔 남매 유령이 있다고.

나는 호랑이띠다. 용맹하면 좋겠다. 두려움도 없으면 좋겠다. 두려움이 없는 것이 '용맹'일까 궁금하다. 아직은 계단이 무섭다. 그럴 때면 엄마에게 전화를 한다. 엄마 손을 잡는다. 엄마랑 있으면 두려움과 무서움이라는 두 단어가 사라진다. 안심만 남는다.

『내 친구 꼬마 거인』을 읽으면서 알게 되었다. 용감하게 두려움을 이겨 내야 한다. 무서운 것도 연습하면 이겨 낼 수 있을 것이다. 피하지 말고 조금씩 연습해야겠다. 소피처럼 용감하게 정면으로 맞서 봐야겠다. 엄마의 사랑이 나에게 용기를 준다. 두려움! 이겨 낼 수 있다.

2-8.
멋진 작가가 되고 싶다

나에게는 작가란 꿈이 있다. 7살 때부터 꿈꿔 왔다. 이 꿈을 이루기 위해 책을 많이 읽었다. 지금은 글도 쓴다. 책을 내면 작가라고 생각한다. 처음에는 작가가 되는 길은 쉬워 보였다. '책만 내면 되겠지!'라고만 생각했다. 아니었다. 문장 하나하나에 정성을 담아야 했다. 대충대충 할 게 아니었다.

글을 쓸 때 가장 어려운 것 1위는 분량을 채우는 것이다. 분량이 채워지지 않을 때는 당황스럽다. 그럴 때는 내 경험을 떠올려 본다. 경험을 동작 하나하나 자세하게 쓰는 거다. 그러면 쓸 게 생각났다.

글을 쓸 때 가장 어려운 것 2위는 아무것도 생각이 나지 않을 때다.

작은 아이들의 큰 이야기

"엄마, 글이 안 써져요."

"글쓰기 어렵지?"

엄마 말대로 글쓰기 정말 어렵다 생각된다. 머리를 쥐어짜 본다. 생각나지 않는다.

'글은 써지는 게 아니다. 쓰는 거다.' 이 말이 머릿속에서 맴돈다. '글은 머리로 쓰는 게 아니라 손으로 쓰는 거다.' 이 말도 머릿속을 스쳐 지나간다.

"그래! 한번 써 보자! 파이팅!"

주먹을 꽉 쥐고 소리친다.

글을 쓸 때 가장 어려운 것 3위는 오래 앉아 있기 힘들다는 것이다. 10분 동안 씨름 중이었다. 나에게는 10분이 1시간 같다. 짧지만 긴 시간. 10분 쓰고 40분쯤 쉬었다. 학교 수업 시간과 뒤바뀐 것 같다. 학교에서는 40분 공부하고 10분 쉰다. 쓰려 하는데 물이 마시고 싶었다. 물도 3컵 마셨다. 마시고 들어와서 앉으니 화장실이 가고 싶다. 화장실을 갔다 와서 앉으니 배가 고프다. 이젠 잠까지 온다. 끝도 없다. 참고 30분 동안 써 본다. 20분 쉰다. 30분 동안 쓴 건 고작 세 줄, 네 줄이다. 더 집중할 수 있었을 텐데 아쉬움이 남는다.

글을 쓰고 나면 뿌듯하다. 한 꼭지를 다 쓰고 나면 뭔가 해 낸 기분이 든다. 글쓰기는 집중력이 많이 필요하다. 한 문장,

두 문장 쓰는 데 머리를 쥐어짜야 한다. 음악을 들으면 집중이 더 잘되었다. 힘든 걸 해내면 만족감이 크다. 열심히 쓰면 더 그렇다.

한 꼭지가 길게 느껴질 때 많다. 머리를 쥐어짜도 생각나지 않는다. 어떻게 해야 할지 막막하다. 머리카락을 쥐 뜯는다. 머리만 쑤실 뿐 생각나는 거라곤 없었다. 잡생각조차 없다. 머리가 온통 하얀 백지장 같다. 텅텅 비었다. 무대 위에 섰을 때의 느낌이다.

'뭘 써야 할까?'

고민될 때 많다. 경험으로 채워 본다. 생각과 느낌도 쓴다.

'오늘도 분량을 다 채웠어!'라고 생각하면 뿌듯함과 만족감이 함께 온다. 그 느낌이 좋고, 기뻐서 자꾸 느끼고 싶다. 그래서 글을 쓰고 싶다고 느낄 때도 있다. 글을 쓰면서 오래 앉아 있을 때, 견디며 참고 돌아다니지 않는다면 더욱 집중해서 쓸 수 있을 것이다.

글쓰기 할 때 꼭 기억해야 하는 말들이 있다. '중복 단어 쓰지 않기', '짧게 쓰기'이다. 기억은 하지만 쓰다 보면 잊어버릴 때가 있다. 그 부분을 조심해야겠다. 하지만 나도 모르게 중복하고 길게 늘여 쓸 때 많다. 긴 문장은 가위로 싹둑싹둑 잘라내고 싶지만 분량이 줄어든다. 글자 수를 줄이기는 싫지만 줄

작은 아이들의 큰 이야기

여야 한다.

　다음에는 내 장래 희망에 대해서 쓰고 싶다. 나는 팽이 과학자가 꿈이다. 비교적 최근에 생겼다. 6학년 때 팽이를 직접 만들고 싶어졌다. 팽이를 돌릴 때의 나의 느낌과 감정도 글로 쓰고 싶었다.

　난 멋진 작가가 되고 싶다. 사람의 생각과 경험에 따라 멋진 작가는 다 다를 거다. 어떤 사람에겐 멋진 작가는 숨은 그림 찾기처럼 재미있게 글을 쓰고 그림을 그리는 작가일 거다. 또 다른 사람에겐 자세하게 쓰는 작가가 멋진 작가일 거다. 난 솔직한 작가가 멋진 작가라고 생각한다. 글에 내 솔직한 마음을 담는 작가가 되고 싶다. 진실된 이야기를 쓰고 싶다. 거짓 없는 깨끗한 이야기를 쓰고 싶다. 그렇게 에세이 작가도 되고 싶고, 소설가도 되고 싶다.

2-9.
용기 있는 사람이 되려면

이순신 장군은 임진왜란 때 우리나라를 지켰던 장군님이다. 어릴 때부터 전쟁 놀이를 할 때 대장이었다. 전쟁 장면을 머릿속에 그림으로 그렸다. 내가 존경하는 인물이다. 유명한 말이 있다. 이 말을 들으면 바로 이순신 장군이 생각난다.

"살고자 하면 죽을 것이고, 죽고자 하면 살 것이다!"

한산도 대첩이 기억에 남는다. "학이 날개를 펴듯 적을 에워싸라!" 이순신 장군의 마지막 전투이기도 하다. 도망치는 일본군을 쫓다 돌아가셨다. 이순신 장군은 죽을 때까지도 나라를 지켰다.

작은 아이들의 큰 이야기

학교 쉬는 시간이었다. 알까기를 하기로 했다. 내 상대는 도진이다. 도진이는 알까기 고수다. 난 검정 돌이다. 도진이는 하양 돌이다. 도진이는 일자로, 난 학익진법처럼 바둑돌을 놓는다. 순서는 가위바위보. 나부터 공격이다. 중간 돌을 세게 친다. 하양 돌 하나를 없앴다. 거의 끝에 대롱대롱 걸려 있다. 아슬아슬하다. 도진이 차례다. 하양 돌이 검정 돌을 떨어뜨리고 중앙으로 들어온다. 상황이 불리해졌다. 어느 쪽을 치든 내 검정 돌 두 개가 떨어진다. 참 애매하다. 역시 고수 도진이다. 왼쪽에서 친다. 하양 돌과 함께 내 검정 돌 한 개가 떨어진다. 두 개론 살기 힘들다. 도진이가 공격해 온다. 내 검정 돌이 밀린다. 하양 돌을 쳐서 떨어뜨린다. 이기고 있다. 하양 돌이 내 돌 하나를 떨어뜨린다. 이제 1 대 1이다. 검정 돌을 약하게 친다. 살짝 옆으로 간다. 도진이는 생각보다 세게 나온다. 검정 돌이 떨어지기 직전이다. 나도 마지막 하이라이트로 세게 친다. 하양 돌이 떨어져 나간다. 내가 이겼다. 난생처음으로 이겼다. 학익진법은 멋진 비법이다.

이순신 장군을 존경하는 이유가 또 있다. 이순신 장군은 리더십이 있다. 장군이라는 말 자체에서도 리더십이라는 게 느껴진다. 이순신 장군이 전라도 수군 좌수사가 되었을 때였다. 무기는 녹이 슬고, 군사들은 훈련을 빼먹는 등 제멋대로였다.

이런 군사들을 리더십으로 이끌었다. 나도 리더십이 뛰어난 사람이 되고 싶다. 내가 생각하기에는 나는 리더십이 부족한 것 같다. 이순신 장군을 본받아 리더십을 키워야겠다.

마음가짐도 본받고 싶다. 한 번 시작하면 끝까지 하는 마음가짐. 아무리 많은 어려움이 있어도 계속 해내는 모습이 대단하다고 느껴진다. 힘들면 포기하고 싶은 마음도 들 텐데 말이다. 나는 영어 숙제를 하다가 힘들고 어려워서 하다 말 때도 있다. 수학 숙제도 마찬가지다. 끝까지 해내고 싶다.

이순신 장군처럼 리더십도 뛰어나고, 끝까지 포기하지 않는 사람이 되고 싶다.

연개소문은 고구려 인물이다. 반란을 일으켜서 그 당시의 왕 영류왕을 죽인다. 영류왕의 조카 보장왕을 왕위에 앉힌다. 자신을 대막리지라고 하며 보장왕을 꼭두각시처럼 이용한다. 연개소문이 반란을 일으킨 건 맞다. 그렇지만 고구려의 영웅이라 생각한다. 당나라군을 안시성에서 격파하지 않았나. 더구나 연개소문의 별명은 '날아다니는 칼'이었다. 말을 타고 칼로 싸우면서 빠르게 베어 생긴 별명인 듯하다. 날아다니는 칼이라는 별명이 멋지다. 얼마나 빠르면 그렇게 불렀을까. 감탄이 절로 나온다.

난 용기가 필요하다. 어두운 곳이 무섭다. 누군가는 "어두운 게 뭐가 무섭냐?"라고 할 수도 있다. 난 무섭다. 가족끼리 수련원에 놀러 간 적이 있다. 거기서 난생처음으로 탁구를 쳐 보았다. 너무나도 재미있었고, 꽤 하게 되었다. 아빠와 탁구를 치던 중이었다. 탁구공이 문밖으로 튕겨 날아가 버렸다. 내 쪽이었다. 탁구장은 지하다. 복도는 어두컴컴했다. 공은 조금 멀리 떨어진 구석에 박혀 있었다. 가지러 가야만 했다. 어둠이 날 부르는 것 같았다. 심장 박동 수가 빨라지는 것을 느꼈다. 망설이고 있을 때였다. 아빠가 불렀다.

"준한아, 뭐 하니? 빨리 가져와야지."

재빨리 공을 주우러 갔다. 무서움과 두려움에 휩싸였다. 으스스했다. 뛰었다. 빠르게 탁구장으로 다시 들어갔다. 그제야 살겠다 싶었다.

이순신 장군과 연개소문은 용기 있는 분이다. 전쟁터로 뛰어든다는 것은 죽음을 각오하는 것이다. 두려움이 얼마나 컸을까. 하지만 두려움을 이겨 내고 용감하게 나아갔다. 본받고 싶다. 용기 있는 사람이 되려면 두려워도 나아가야 한다.

2-10.
팽이는 행복을 준다

내 꿈은 팽이 과학자다. 팽이 과학자란 말은 내가 만든 단어다. 팽이는 내 친구다. 친구는 소중하다. 나는 팽이를 소중하게 생각한다. 난 팽이를 사서 모으는 게 꿈이 아니다. 직접 만드는 것이 꿈이다. 세상에 하나뿐인 팽이를 내 손으로 만들고 싶다.

'라이트닝 드래곤'. 줄여서 '드래곤'이라고 부르기로 했다. 혹시나 해서 네이버(Naver)에 검색해 보았다. 종류가 워낙 많아서 말이다. '베이블레이드 라이트닝 드래곤'이라고도 검색했다. 나오지 않았다. 난 안도의 숨을 쉬었다. 내가 만들고 싶은 팽이기 때문이다.

어느 날 팽이에 대해 궁금한 점이 생겼다. 만화에서 나오는 스핀 피니시(Spin finish)와 오버 피니시(Over finish), 버스트 피니시(Burst finish)는 어디서 나온 말인지 알고 싶었다. 뭔가 영어 느낌이 나서 네이버 영어 사전에 검색했다. 스핀(Spin)은 '돌다', 피니시(Finish)는 '끝나다'였다. 합치면 '도는 걸 멈추다'다. 오버(Over)는 '떨어지게'다. 피니시(Finish)는 '끝나다'다. 오버 피니시는 '떨어져서 끝나다'라는 뜻이다. 버스트 피니시(Burst finish)가 가장 궁금했다. 버스트라는 단어는 몰랐기 때문이다. 버스트(Burst)는 '터지다'이다. '터져서 끝나다'였다. 나도 처음이었기에 신비스러웠다. 찾아보는 건 처음이라 새로웠다.

나만의 팽이 기술도 만들었다. 썬더 드롭(Thunder drop). 하늘로 날아올랐다가 상대 팽이를 내리찍는 기술이다. 버스트 피니시를 노리는 기술이다. 블레이즈 소드(Blase sod). 스스로 벽에 부딪힌다. 고무 날이 부딪히면서 강하게 날로 내리찍는다. 이 기술 역시 버스트 피니시를 노린다. 러벌 스트링 숏(Rubber string shut). 고무가 바닥에 닿으면서 가속한다. 고무 날로 상대를 제압한다. 이 기술은 유일하게 스핀 피니시와 오버 피니시를 만들어 낸다. 팽이의 세계는 신비롭다. 배틀하면 이기고 싶다. 백전백승. 백 번 싸워서 백 번 이기고 싶다.

팽이에 관한 책도 쓰고 싶다. 그림책도 만들고 싶다. 내 책을 친구들이 읽으면서 웃었으면 좋겠다.

누구에게나 팽이가 소중한 존재였으면 좋겠다. 어느 놀이터에서든 팽이 돌리는 판을 볼 수 있으면 좋겠다. 언제 어디서든 친구들과 팽이를 돌리면 신나겠다. 지금은 놀이터에 팽이 판이라고는 없다. 커다란 팽이 판에서 함께 팽이를 돌리며 웃고 싶다. 난 팽이를 돌릴 때 행복하다. 내가 팽이를 하는 이유다. 다른 친구들이나 동생들도 그 기분을 느꼈으면 좋겠다. 팽이를 돌릴 때의 기분은 표현할 수가 없다. 온 힘을 다해 즐길 때의 기분을 함께 즐기면 좋겠다.

"모두가 함께 느끼는 행복이 진짜 행복이다."

팽이를 연구하는 게 팽이 과학자지만, 팽이로 행복을 주는 것도 팽이 과학자의 역할이다. 팽이는 친구와 같다. 항상 곁에 있어 준다. 모두가 즐길 수 있는 행복을 만들어 주고 싶다.
"같이 팽이 할래?" 하고 물으면,
"좋아! 같이 하자."라고 말하는 친구들이 많아지면 좋겠다.
팽이는 행복을 준다.

팽이 과학자. 나의 꿈이다. 나만의 팽이 디자인을 해 본다.

작은 아이들의 큰 이야기

설계도 해 본다. 이 과정이 꿈을 찾아가는 여행이다. 내가 팽이 과학자라는 꿈을 꾸는 것처럼 다른 사람들도 자신만의 꿈이 있을 것이다. 각자의 꿈을 이루며 행복했으면 좋겠다. 파이팅이다!

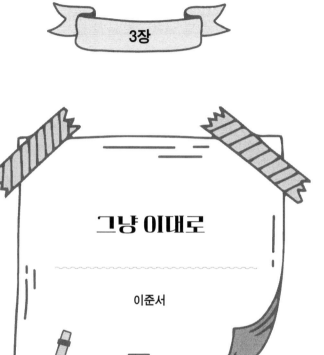

3장

그냥 이대로

이준서

3-1.
내가 가장 아팠던 순간

내가 가장 아팠던 건, 독감이 걸렸을 때였다. 나는 원래 운동을 좋아하기도 하고 잘하는 편이다. 그래서 감기에 잘 걸리지 않았다. 거기에 코로나19로 인해 마스크를 쓰고 다녀서 더더욱 감기에 걸리지 않았다. 그러던 어느날, 학원 특강이 있어서 학원에 갔다. 가방이 너무 무거워서 힘들어서 열이 나는 건지, 아니면 그냥 감기에 걸려서 열이 나는 건지, 열이 났다. 설상가상으로 하필 나랑 같이 학원 특강을 하는 애들이 다 빠져서 수업이 취소되었다고 했다. 몸에 힘이 쭉 빠졌다. 선생님이 열이 나는 것 같다고 체온기를 내 귀에 꽂았다.

"준서야, 너 열이 38도나 되는데? 얼른 엄마한테 말하고 병원 가."

"네."

열이 38도나 된다고 하니까 힘이 더 빠진 것 같았다. 선생님이 엄마한테 전화를 했다. 엄마는 일이 바빠서 집에 올 수 없다고 했다. 어쩔 수 없이 나는 집에 가서 할머니가 오실 때까지 기다렸다. 할머니가 오시고 나서 나는 우리 집 근처에 있는 병원으로 갔다. 의사 선생님께서 독감인 것 같다고, 독감 검사를 해 보자고 하셨다.

검사를 하고 조금 기다리고 있었는데, 선생님이 A형 독감이라고 하셨다. 나는 A형 독감에 맞는 약을 받아서 집에 갔다. 열이 계속 올라가서 해열제를 먹었더니 기운이 좀 살아난 것 같았다. 할머니도 수업을 들으러 가셔야 해서, 나는 집에 혼자 남아 있었다. 시계를 보니

좀 있으면 동생이 학원에서 돌아올 시간이다. 나는 마스크를 쓰고, 방에 가지고 들어갈 만한 물건들을 찾아서 방에 들어갔다. 동생이 학원에서 돌아와서 이렇게 말했다.

"오빠, 왜 방에서만 있어? 나랑 놀자.

"오빠 감기 걸렸어……. 안 돼."

"아……."

　　　　　　　　작은 아이들의 큰 이야기

당연히 동생과 놀아 주고 싶었지만 열이 점점 높아지고 몸도 힘들어져서 어쩔 수 없었다. 동생이 독감에 걸리게 되면 동생도 아프고, 내 마음도 아프기 때문이다. 약을 먹고 나서 열이 조금씩 괜찮아지고 정신도 괜찮아지나 했더니, 밤이 되니 갑자기 열이 펄펄 나기 시작했다. 머리가 아팠다. 기절할 것 같았다. 38도…. 39도…. 40도…. 도저히 안 되겠다 싶어서 해열제를 먹고 머리 위에 물에 적신 손수건을 올려놓았다. 열이 빨리 내려가야 정신이 괜찮아지니 옷도 벗었다. 몸이 부르르 떨렸다. 고통스러웠다.

나는 내가 살아 있는 게 맞는지 의심스러울 정도였다. 태어나서 열이 이렇게 올라가 본 적은 처음이라서 나도 놀라고 엄마, 아빠도 놀랐다. 그렇게 힘든 밤이 지나갔다. 많아 봐야 3시간 동안 잔 것 같았다. 이때 마음속으로는 '열 이놈이 나를 가지고 장난하나….' 이런 생각도 했다. 짜증이 났다. 아침에는 안 그러다가 왜 내가 자는 소중한 시간인 저녁에만 난리냐고…. 이렇게 생각하다 보니 뭔가 과학적인 이유가 있는 것 같았다.

그렇게 한 4일을 생고생을 한 다음에야 나는 상태가 정상적으로 회복되었다. 진짜 죽음의 문턱 앞까지 갔다 온 것 같았다. 감기 때문에 나흘 동안 지옥에 갔다 와 보니, 앞으로는 착하게 살아야겠다는 생각이 들었다. 하지만 감기가 다 나아서 행복해지는 것도 잠깐이었다. 왜냐하면 아파서 빠진 학원 보강이 엄청나게 많았기 때문이다. 나는 감기의 고통 대신 학원의 고통의 시달리기 시작했다. 학원이 빨리 끝나는 수요일에는(보통 8시 30분에 끝난다.) 학원 보강을 더 해서 원래 학원 끝나는 시간보다 1시간이나 더 늦은 9시 30분에 끝났다. 나는 내 생각에 학원을 많이 다니는 편이라서 학원 보강이 더 많았다.

거기에다가 영어 학원은 한번 수업을 들을 때 적어도 3시간을 하고, 보충까지 하게 되면 많은 4시간까지도 하므로 보강을 잡으려면 다른 학원 빼고 보강을 해야 하였다. 그래서 다른 학원을 빼고 영어 학원에 갔다 오면, 또 다른 날에는 영어 학원 때문에 못 간 학원에 가야 했다. 몸이 아파서 나흘 동안 고생했는데 괜찮아지자마자 보강 폭탄이라니…. 2주 동안 놀지도 못하고 계속 일어나서 학원에 갔다가 학원에서 집으로 와서 자고 일어나서 학원에 가는 일상을 반복했다. 고문을 당하는 느낌이었다. 그래서 난 이런 생각을 했다. 아… 앞으로는 아프면 안 되겠구나. 아프지 않기 위해 운동을 하고 몸에 좋은 음식을 많이 먹어야겠다. 그래야 앞으로는 감기에 걸리지 않으니까.

작은 아이들의 큰 이야기

3-2.
피 터지게 싸웠다

내가 학교에서 있었던 일 중 가장 기억에 남는 일은 8 대 4 패싸움이다.

솔직히 말해서 초등학생이 패싸움하는 게 많지 않은 일인 것 같아서 기억에 남는 것 같다.

일단 4학년 때 K라는 애가 자기가 4학년 중에서 싸움을 제일 잘한다고 자랑을 하고 다녔다. 그래서 그걸 들은 애들이 왜 말을 그렇게 하고 다니냐고, 기분이 나쁘다고 말했다. 근데 그 상황에서 그냥 알겠다고 하면 될 것을 그렇게 애들이 말하니까 K가 "싫으면 맞짱 뜨든가."라고 말했다. 우리는 어이가 없었다. 그래서 킥복싱, 유도, 태권도 등 운동을 잘하는 애들끼리 모여서 끝나고 같이 참교육을 해 주자고 했다. 거기에 내 친구들 2명도 들어가 있었는데, 걔들이 내가 주짓수를 하는 것을 알아서 그런지, 같이 가서 때리자고 했다. 솔직히 말해서 K가 기분 나쁘게 말한 게 한두 번이 아니라서 나는 고개를 끄덕였다. 그렇게 학교가 끝나고, 우리는 K와 함께 놀이터로 가서 싸움을 하기 시작했다. 근데 K가 7, 8명씩 와서 싸우자고 하니까 무서웠는지 친구들 3명을 더 데리고 왔다. 그렇게 8 대 4 패싸움이 시작되었다.

우리는 수적으로 유리하기 때문에 K에 5명, 다른 3명 애들한테 각각 한 명씩 붙어서 싸웠다. 나는 K한테 몸을 붙였고, 애들은 K를 때렸다. 나도 내가 알고 있는 주짓수 기술을 썼다. 예를 들어, 많이 인상 깊은 장면이라 기억에 남는데, 어떤 애가 한 대를 치고 내가 붙어서 백 초크를 하면, 다른 애들이 배를 때리는 것이었다.

그렇게 K는 엄청나게 맞았다. 싸우는지 한 6분도 안 돼서, 잘못했다고 했다. 그리고 나머지 3명들 중 1명은 유도를 배운 애에게 호되게 얻어맞고 말았고, 또 1명은 싸움을 많이 하고 다니는 애한테 엄청나게 두들겨 맞고, 다른 1명은 그냥 중간에 싸우다가 도망가고 말았다. 그렇게 우리는 사과를 받았고, 패싸움에서 이기게 되었다. 이기고 나니 생각보다 기분이 막 짜릿했다. 그렇게 일이 끝난 줄 알았는데, K가 다음날 학교 와서 하는 말이, "내가 너희 패면 너희 어머니, 아버지가 걱정하시니까 안 때렸어."라고 하는 것이다. 이게 무슨 어이가 없

작은 아이들의 큰 이야기

는 말인지…. 그래서 우리는 그냥 이렇게 말했다. "응, 알았어. 넌 우리한테 맞았으니까~" 지금 생각해도 재수가 없다. 지금 도 나는 K와 많이 만나는데, 그때처럼 허세를 부리고 다니지 는 않지만 잘난 척이 좀 심하다. 솔직히 진짜 한심해 보인다. 빨리 정신을 차리고 공부를 하는 게 좋을 것 같다. (나중에 분명 히 후회할 것이다.)

지금 다시 글을 한 번 보니까 창피하기도 하다. 이렇게 싸워 서 나한테 득이 되는 것이 없다는 것을 알면서도 싸운 내가 창 피하다. 그래서 만약 지금 이런 일 또 일어나게 된다면,

난 싸우지 않고, 이렇게 생각할 것이다. '그래, 어차피 너도 나중에 다~ 후회하게 될 거야.'라고. 엄마, 아빠가 중학교 때에 는 싸움을 해야 할 일이 더 많아질 거라고, 위험하다고 한다.

근데 엄마는 이렇게 말한다. "어차피 네가 싸워 봐야 득이 될 것 없어. 싸우지 마."

또 아빠는 이렇게 말한다. "남자가 남자답게 싸워야지."

나는 초등학교 1, 2학년 때 잘난 척이란 잘난 척은 다 하고 다녔다. 그러다 3학년이 되면서 K를 알게 되었다. 이 애를 보 니까 '내가 2년 동안 저렇게 재수가 없게 말하고, 자기가 다재 다능인 줄 알고, 못하는데도 잘한다고 거짓말이나 하는 애였 다니….' 하며 반성하게 되었다. 이렇게 생각해 보니 K는 나의 좋지 않은 점을 고쳐 준 것이다. 하지만 K는 초등학교 1, 2학

년 때에 나처럼 자기가 이렇게 재수 없게 말하는지 모른다. 나는 K에서 말해 주고 싶지만, 많이 친한 것도 아니기 때문에 말을 하기가 좀 어렵다. K가 잘난 척하지 않고, 겸손하게 말한다면 주위에 친구도 많아지고 친구들이 K의 뒷담도 많이 하지 않을 텐데….

앞으로 내가 아무리 많이 화가 나도, 다시 한번 생각할 것이다. 그 행동으로 인하여 나한테 득이 되는 게 있는지. 그렇게 행동하면서 살 것이다. 이 글은 쓴 지 약 1년 6개월이 지났다. 나는 지금 중학교 2학년이 되었고, 이렇게 다짐한 게 떠올라 다시 글을 써 본다. 난 중학교 1학년에 올라와 나름 노력하면서 화를 줄이고 살았다. 그런데 피구대회 때 모르는 애가 갑자기 와서 나를 발로 두 번 찬 적이 있다. 많이 아팠다. 나는 피구대회가 끝난 후 걔한테 가서 사과해 달라고, 많이 아프다고 했다. 그때, 그 애는 내 뺨을 때렸고, 그때 나는 욱하는 마음으로 걔의 턱을 3번 내려쳤다. 애들이 나와 걔를 떨어뜨려 놨고, 상황은 종료되었다. 이 일도 1년 정도가 지난 일이지만, 후회된다. 물론 걔가 먼저 나를 아프게 해서 어떻게 보면 정당방위라고 말할 수 있지만, 이 일로 인해 학교 폭력에 가게 되면 말 그대로 인생이 망하게 된다. 다행히 선생님이 사과하는 선에서 끝내 주셨다. 폭력은 어쩔 수 없이 나를 보호하기 위해 써야 할 때가 있지만, 폭력이 무조건 답이 아니라는 말이 이해가 간다. 이 일로 인해 나는 폭력을 쓰면 좋은 것보다 안 좋은 것이 훨씬 많은 영향을 준다는 것을 깨달았다. 나는 다시 다짐한다. 폭력을 쓰지 말자고.

3-3.
독서 이야기

내가 읽은 책은 『욕쟁이 한두』라는 책이다.

일단 이 책을 읽게 된 계기는 욕을 학원이나 학교, 책 쓰기 강의 들을 때는 안 쓰지만, 친구들과 있을 때 많이 쓰기 때문이다. 책 제목을 보고 왠지 욕을 줄일 수 있는 방법이 나와 있을 것 같아서 이 책을 읽었다.

줄거리를 요약하자면, 찬두는 부모님과 떨어져서 산다. 초등학교 5학년이 되면서 학교를 전학 가서 할머니와 함께 살게 되는데, 전학 첫날부터 개구리 장난감을 보고 울음 터뜨리는 바람에 파리 새끼, 똥파리와 같은 별명을 가지게 된다. 찬두는 같은 학년 싸움짱인 혁기에게 괴롭힘을 당하게 된다. 그러다 우연히 혁기가 무서워하는 귀걸이 형을 보게 되는데, 그 형을 보고 집에서 귀걸이 형을 흉내 내는 연습을 한다. 그 이후, 학교에서 혁기에게 귀걸이 형처럼 심한 욕을 하니, 혁기가 미안하다고 사과를 한다. 그렇게 혁기네 무리들과 놀기 시작하는데, 찬두는 왠지 모르게 정신적 스트레스가 쌓이기 시작해 결국 욕을 쓰지 않기로 결심한다.

To. 찬두

　안녕, 찬두야. 나는 너의 이야기를 들은 준서라고 해. 나도 너와 비슷한 연령대란다. 학교를 전학 간 첫날부터 친구들이 개구리 장난감으로 장난을 쳐서 기분이 안 좋을 것 같다. 거기다가 설상가상으로 눈물까지 보였으니. 학년에서 싸움을 제일 잘하는 혁기한테 괴롭힘을 당했잖아. 나였어도 싸움을 제일 잘한다고 소문난 애한테 괴롭힘을 당한다고 생각하면 엄청 무서워. 어떻게든 괴롭힘당하지 않으려고 노력했는데 잘 안 되지? 물론, 네가 귀걸이 형을 보고 그걸 흉내 내는 연습을 해서 혁기에게 욕을 했지. 그걸 본 너희 반 친구들과 혁기는 너를 보고 어떤 느낌이었을까? 아마도 많이 무서웠을 거야. 아마 이런 생각을 할 거야.

　"아… 내가 너무 많이 놀렸나…?"
　"무서워…."
　"혁기도 무서워하잖아."

　이렇게 되면 반 친구들에 대한 너의 인식이 만만한 애에서 무서운 애가 되는 거야. 그럼 라면 네가 친구들과 잘 지낼 수 있을까? 물론 세 보이니까 친구들이 생기긴 하겠지. 근데 나는 그 친구들이 네가 살아가면서 필요한 도움을 줄 것 같지는 않아. 책에서 볼 때는 그렇게 욕을 써서 혁기네 무리들이랑 어울려 다녔잖아. 친구들이 막 욕을 알려 달라고 하고…. 좀 심각한 것 같아. 그걸 또 알려 준다면 반에서 입에서 나오면 안 될 말들이 계속 나오게 되니까 말이야. 뜻을 찾아보면 다 험한 말들이야. 친구들에게 상처를 줄 수 있어. 그렇게 욕을 하면 스트레스가 날아가 버리는 것 같지만, 네가 제일 잘 알다시피 오히려 마음에는 계속 스트레스가 쌓이게 돼서 네가 더 힘들어져. 물론, 책 마지막 부분에서 본 것처럼 네가 정신적으로 스트레스를 많이 받는 이유를 욕이라고 생각하고, 욕을 줄이기를 친구들, 선생님, 아빠와 약속한 게 좋았던 것 같아. 너희 아버지도 술을 앞으로 마시지 않는다고 약속하고, 찬두 너도 욕을 쓰지 않겠다고 다짐하는 게 부자 관계가 같이 발전해 나가는 과정이라고 생각해. 나도 너의 이야기를 들으면서 많이 깨달은 것 같아. 예를 들어서, 욕을 많이 쓰면 정신적으로 좋지는 않구나. 쏠 때 스트레스가 풀리는 것 같다고 해서 실제로 스트레스가 풀리는 건 아니구나. 욕의 뜻을 자세히 찾아보면 입에 담지도 못할 심한 말들이구나 등등….

너도 욕을 줄이는 다짐을 해서 꼭 그 다짐을 지키길 바라. 나도 앞으로 욕을 많이 줄여 보려고 노력할게. 우리 같이 노력해서 함께 성장해 가자. 내가 마지막으로 하고 싶은 말은 상처는 약을 바르면 괜찮아지고 좋아지지만, 다른 사람에 의해서 생긴 마음의 상처는 약을 바를 수도 없고 발라도 괜찮아지기 쉽지 않아. 앞으로 우리 둘 다 노력하자.

작은 아이들의 큰 이야기

3-4.
힘든 날에는 일기를 적는다

오늘은 꽤 힘들었다. 7시부터 9시까지 수업을 듣고 9시 30분부터 10시 정도까지 수업을 들었다. 그리고 오늘은 친척 집에 가서 자기로 한 날이어서 하루 종일 숙제만 했다.

생각해 보니 별의별 숙제가 있었다. 수학 숙제, 특강 숙제, 영어 ESSAY, 영어 단어, 영어 문법, 영어 온라인 숙제, 과학 숙제, 수학 라이트 최상위 숙제, 쎈 수학 숙제, 일기 등…. 방학이 시작되면 학교를 다닐 때보다 더 여유롭게 생활을 할 수 있다고 믿었다. 늦잠도 자고, 학교 다닐 때 많이 못 했던 운동도 좀 하고 그러고 싶었는데, 수학 학원은 방학이라고 아침 10시부터 매일 2시간 동안 특강을 했다.

하루에 2시간, 아침 10시부터 12시까지 한다. 숙제도 2배로 늘었다. 월요일부터 금요일까지, 매일매일 수학 학원에 가야 했다. 특강에 원래 수학 수업까지 포함하면 하루에 수학 공부를 4시간 30분이나 한다. 머리가 박살날 것 같았다. 매일매일 수학과 함께 산다니….

숙제를 다 해 놓고 축구 학원을 갔다. 오늘도 역시 대여섯 명밖에 오지 않았다. 그래도 새로 들어온 친구들 두 명이 있어서 좀 괜찮은 것 같았다. 오늘은 사람이 엄청나게 적은 것도 아니라서 경기를 하며 재미있을 것 같다. 그리고 신규 팀원 두 명 중 한 명이 여자였다. 얼굴을 보니 축구를 잘할 것같이 생겼다.

원래 우리 반에는 학생들이 16명 정도 있었다. 하지만 다른 애들이 단체로 다른 구단으로 넘어갔기 때문에 인원이 갑자기 확 줄어 버렸다.

신규 팀원들이 온 기념으로 오늘은 시합만 했다. 팀을 짜는데, 우리 팀 선수들 실력을 보면 우리가 상대 팀보다 더 경기를 잘할 수 있을 것 같았다. 하지만 그다지 좋지는 않았다. 내가 상대 팀 선수의 공을 빼앗는 과정에서 발목을 삐었기 때문이다. 엄청 아팠다. 그래도 그 전에 두 골이나 넣었다. 하지만 다리가 너무 아팠기 때문에 나는 할 수 없이 골키퍼를 봐야 했다. 일주일에 한 번밖에 못 하는 축구에서 골키퍼만 보게 되니, 기분이 썩 좋지는 않았다. 경기는 5 대 2로 우리 팀이 이겼다. 의외의 스코어였다.

나는 축구 학원이 끝나자마자 바로 집으로 달려갔다. 숙제를 다 해 놓고 축구 학원에 다녀왔기 왔기 때문에 앞으로는 놀 일만 남았다. 씻고 나오니 기분이 좋았다. 왜냐하면 이제 친척집에 가서 노는 일밖에 남지 않았기 때문이다.

나는 빨리 엄마가 차려 준 밥을 먹었다. 그냥 먹은 것도 아니고 후딱 빨리빨리 먹었다. 밥을 먹고 난 후, 얼른 가방을 챙겨 나와서 짐을 싸기 시작했다. 친척과 놀 때 쓸 복싱글러브, 탱탱볼, 보드게임, 칫솔과 양치 도구 등등 많이 챙겼다.

나는 오늘 구파발에서 출발하여 압구정까지 가야 한다. 지하철로 한 40분 정도 걸렸다. 나는 그 시간 동안 내가 다 읽지 못한 『괴도퀸』이라는 책을 읽었다. 책을 읽다가 잠깐 내 주위에 앉은 사람들을 둘러봤다. 대부분의 사람들이 핸드폰으로 드라마, 예능 프로그램을 보거나 게임, SNS 등을 하고 있었다. 책을 읽는 사람은 아무도 없었다. 이렇게 생각해 보니 심각한 것 같다. 뭐가 심각하냐면, 나는 아직 스마트폰이 없다. 하지만, 내 또래 친구들 중에 핸드폰이 없는 친구들은 없다. 이 친구들은 지하철이나 자동차를 탈 때, 걸어 다닐 때, 밥 먹을 때 모두 스마트폰과 한 몸이 되어 산다. 그렇게 된다면 부모님과 얘기할 시간은 어디서 나올까? 나는 스마트폰이 없어서 밥 먹을 때, 잠자기 전에 부모님과 오늘 하루는 어땠는지 이야기를 나누곤 한다. 모두가 가족들과 소통을 열심히 하면 좋겠다.

이런 생각들을 하다 보니 어느새 40분이 지나갔다. 친척 집에 도착하자마자 나는 가방을 풀었다. 복싱글러브를 꺼내고, 가지고 놀 장난감을 모두 거실에 내려놓았다. 이제 진짜 놀 일만 남았다. 우리는 먼저 영화를 찾아서 영화를 보면서 2시간 정도를 보냈다. 그러자, 친척의 동생은 내일 아침에 농구 시합이 있어서 빨리 자야 한다며 먼저 잤다. 영화를 다 보고 난 후에는 우리는 과자 파티를 했다. 친척이 갑자기 우유와 과자란 과자들을 전부 가지고 와서 먹자고 했다. 친척의 동생 몰래 먹으니 2배로 맛있는 것 같았다.

그렇게 좀 먹으니 슬슬 졸음이 몰려오기 시작했다. 그러자 친척이 베개 싸움을 하자고 했다. 나는 베개 싸움 대신 복싱글러브를 가져왔으니, 스파링을 하자고 했다. 그렇게 스파링을 3분 동안 두 개의 라운드를 거쳐서 하고 잠이 깬 우리는 고모가 주무시는 확인한 후 노트북을 꺼내 게임을 하기 시작했다. 몰래 하니까 역시 더 재미있는 것 같았다. 유튜브도 보고 2인용 게임도 하면서 재미있게 놀았다. 그러다가 좀 지루하다 싶으면, 친척 집에 있는 고슴도치도 좀 보고 그러면서 놀았다. 오늘 하루 종일 아침부터 온라인 수업을 듣고 학원에 갔다가 숙제만 하고 그래서 주말에 놀지도 못할까 봐 걱정되고 힘이 막 빠졌었다. 하지만 이렇게 재밌게 놀다 보니 그 숙제를 한 시간보다 더 가치 있게 시간을 효율적으로 쓴 것 같다. 앞으로도 이렇게 숙제를 다 하고 친척 집에 와서 또 놀고 싶다. 그때는 더 재미있게 놀기 위해 밤을 새우면서 놀 것이다. 엄청 재미있을 것 같다.

3-5.
나의 트로피

　　　　　　나는 2018년에 축구대회를 나간 적이 있
다. 나는 축구를 많이 좋아하는 편이라 그 당시에는 축구에 대
한 열정이 가득했다. 그래서 대회를 나가기 전까지 훈련을 열
심히 하고, 친선 경기에서도 최선을 다해서 뛰었다. 이때 나가
려고 했던 대회가 서울시 전국대회였다. 내가 나가 본 대회들
중에서 가장 큰 대회다.

　오늘은 축구대회 당일이다. 엄청나게 긴장한 상태로 대회
장소로 갔다. 그곳에는 많은 관중들과 다른 팀 선수들이 있었
다. 들은 바로는, 축구대회는 서울 동부, 서부, 남부, 북부 이
렇게 4곳에서 진행된다. 우리는 북부대회에 나갔다. 우리는
예선전을 먼저 하고, 2등 안에 들게 되면 16강에 갈 수 있었
다. 예선전 결과는 2승 1패(조 2위)로, 16강에 올라가게 되었

다. 옛날에는 예선전에서도 탈락했던 우리 팀이 많이 성장한 것 같아서 기분이 좋았다.

그렇게 16강이 시작되었다. 나는 교체 멤버여서 16강에서는 뛰지 못했다. 경기 결과는 3 대 0, 대승이었다! 그렇게 우리는 8강에 올라갔는데, 8강에서 붙게 될 팀이 우승 후보 팀이었다. 저번 대회에서 준우승을 차지한 팀이었다. 코치님이 너무 부담감을 가지지 말라고 하셨다. 이미 충분히 잘하고 있다고, 파이팅 하자고 하셨다. 힘이 났다.

우리는 경기를 시작하자마자 우리 팀은 실수를 해 버리는 바람에 상대팀에게 득점을 허용해 버리고 말았다. 그때, 우리 팀 주장 순기가 말했다.

"괜찮아! 아직 시간 많이 남았어! 할 수 있다!"

그 말 덕분인지 몰라도 순기의 멀티 골로 우리는 2 대 1 역전승을 했다.

4강은 이번 대회에 처음 나온 팀이었다. 16강에서 짜릿한 역전승을 한 이후로 사기가 오른 우리 팀은 시작부터 점유율을 계속 가져가다가 내가 선제골, 3번째 골, 6번째 골인 나의 해트트릭을 포함한 다른 우리 선수들의 도움으로 6 대 0 대승을 거두었다. 이때부터 우리의 축구는 약간 브라질식으로 변했다. 게임에서 이기기보다는 즐기는 쪽으로 가고 있었다. 이런 긍정 마인드 덕분에 결승까지 쉽게 올라올 수 있었던 것 같다.

드디어, 결승이다. 내가 태어나서 처음으로 축구대회에서 결승 경기를 하는 것이다. 너무 떨렸다. 하필이면 우리가 붙게 될 팀이 예선전에서 우리가 유일한 1패를 가지게 했던 팀이었다. 우리 팀은 분위기가 좋았지만, 상대 팀 선수들이 이런 말을 했다.

"쟤네 우리한테 졌잖아? 우리가 우승하겠네."

기분이 엄청 나빴다. 설상가상으로 우리 팀 골키퍼가 부상을 당하는 바람에 교체 골키퍼가 들어가게 되었고, 점유율도 3 대 7 정도로 밀렸다. 그때, 우리에게 코너킥 기회가 왔는데, 내가 올린 크로스를 윤규가 멋지게 헤딩골로 만들었다. 그렇게 한 골을 만들고 나니까, 분위기가 전세 역전이 되었다. 또 추가 시간 1분 안에 내가 골을 만들어서, 2 대 0으로 승리를 거뒀다.

나는 경기가 끝날 때 진짜 울 뻔했다. 너무 감동스러웠다. 엄마, 아빠가 훈련을 열심히 한 거 맞냐고 물어볼 봤을 때 나는 결과로 과정을 입증하겠다고 했는데, 그 말을 지켰다.

그렇게 우리는 금메달을 가지고 집에 왔다. 코치님한테 들어 보니 동부, 서부, 남부, 북부에서 우승한 네 팀들끼리 또 대회를 해서 진정한 승자를 가린다고 한다. 경기는 약 2주 뒤인 11월 4일이다.

왕중왕전을 치르는 당일, 우리는 2주 동안 힘들고도 힘든 훈련을 견뎌 내고 대회에 참가했다. 그 덕분인지, 우리는 첫 경기에서 5 대 1로 승리를 하고 결승에 진출하게 되었다. 휴식을 좀 취하고 나서 결승전이 시작되었다. 결승전에서도 우리는 볼 점유율 대부분을 가져갔고, 2 대 0으로 이겼다. 정말 행복했다.

이때 나는 우승 트로피를 받았다. 이 트로피는 지금도 내 방에 멋지게 장식이 되어 있다.

이 기억은 이 글을 쓰는 시점으로부터 약 3년 전인데, 우승한 경기의 스코어와 날짜, 장면들이 모두 생생하게 기억이 난다. 그렇기에 나는 '결과로 과정을 입증하게 만들어 준 트로피'에 대해 썼다.

이 트로피는 나의 손목에서부터 팔꿈치 정도에 크기다. 화려한 장식이 달린 트로피 모양이다.

비록 플라스틱이긴 하지만 금색 칠이 되어 있고, 딱딱하다. 아무 냄새도 나지 않는다.

남들은 잘 모르겠지만, 나는 내 트로피를 보면 가슴이 막 두근두근거린다.

내가 직접 힘들게 노력해서 만들어 낸 값진 물건이기 때문에 그런 것이다. 이 트로피의 분위기는 웅장하다. 금색에, 뭔가 내 눈을 똑바로 쳐다보고 있는 것 같은 느낌이다. 나는 이

트로피를 얻고 나서 깨달은 것이 있다. 아무리 재능이 뛰어나다고 해서 열심히 하는 사람을 뛰어넘을 수 없다는 것이다. 이 트로피로 인해 나는 조금 더 성숙해진 마음가짐을 얻게 되었다. 고작 아이들 축구대회가 뭐가 그렇게 대단하냐고 생각할 수도 있지만, 조금만 바꿔서 생각해 보면, 그 어린아이들이 만들어 낸 값진 결과가 자기 자신에게는 얼마나 더 값질지 생각해 주길 바란다.

작은 아이들의 큰 이야기

3-6.
작은 하루 이야기

오늘은 여자 친구와 사귄 지 딱 50일이 되는 날이다. 친구들이 우리는 너무 커플 같지가 않다고 했다. 하지만 나는 달달한 연애가 별로 좋지 않다. 적당히 친구 같은 연애가 좋다. 그게 부담스럽지도 않고 더 좋다. 그래서 그런지, 스킨십도 많이 하는 편은 아니다. 다른 친구 커플은 사귄 지 6일이 됐을 때 손잡고, 깍지 끼고, 뽀뽀하고, 안고 이랬는데, 우리는 깍지만 꼈다. 그래서 애들이 50일이 되는 날 안으라고 계속 그랬다. 일단 알겠다고 했는데, 그게 진짜가 될 줄은 몰랐다. 애들이 학교에서 우리를 보자마자 빨리 안으라고 재촉했다. 솔직히 안고 싶었는데, 여자 친구가 싫어할까 봐 시도를 못 했다. 그걸 친구한테 말하니까 "손에다가 '안아 줘' 이렇게 쓰고 여자 친구한테 손을 보여 주면 되지 않을까?"라고 해서 시도해 보았다. 그래도 안 해 주길래 그냥 내가 안았다. 애들이 환호하기 시작했다.

"헐, 안았어! 우리가 드디어 성공했다고!"

쑥스럽기는 했지만 기분은 좋았다. 그날은 숙제가 많았는데, 숙제를 하면서 왠지 모르게 계속 웃게 되고 기분이 계속 좋았다.

오늘은 동대문으로 옷을 사러 갔다. 왜냐하면 내 생일이기 때문이다. 내가 좀 인싸여서 친구들한테 선물을 많이 받았는데, 엄마랑 아빠는 나한테 선물을 사 주지 않아서 옷을 사러 갔다. 나는 검은색 청바지를 사고 싶었는데, 겸사겸사 거기서 많은 바지와 옷을 구경하고 약 40만 원 가치의 옷을 샀다. 롯데몰도 갔다가 여기저기 많이 돌아다녔다. 그리고 각자 집에 가서 같이 펨(SNS '페이스북'의 줄임말)을 하면서 놀았다. 나는 미리 숙제를 해 놓아서 게임도 좀 하고 글도 좀 쓰고 페북도 좀 하면서 여유롭게 놀았지만, 여자 친구는 숙제를 안 해 놓아서 온라인 숙제를 하면서 힘들게 일요일을 보낸 것 같다. 나는 새 옷을 사서 너무 좋았고, 친구들이 잘 어울린다고 해 주어서 기분이 좋았다.

오늘은 친구와 싸웠다. 그 애와 나는 영어 학원에서 알게 된

애다. 원래 나랑 그렇게 많이 친하지는 않았는데 계속 나를 도발하고, 사진을 찍어서 키득키득 웃으며 자기 친구들한테 보여 줬다. 쉬는 시간에 걔한테 가서 하지 말라고 옷을 잡으면서 말했다. 근데 걔가 갑자기 나를 밀면서 몸싸움이 시작되었다. 나는 싱글렉 태클을 걸면서 벽에 친구를 박았다. 그러자 갑자기 선생님이 우리 반으로 들어오셔서 우리 둘 다 그대로 멈췄다. 나는 영어 학원 원장 선생님한테 끌려갔다. 솔직히 너무 억울했다. 걔가 먼저 나한테 시비를 걸고 먼저 폭력을 했는데, 원장 선생님은 아무리 그래도 폭력은 안 된다면서 숙제를 엄청나게 주셨다. 한 2장 반 정도 되었던 것 같은데, 전부 다 영어 단어였다. 하… 그걸 다 썼더니 손목에 감각이 사라진 것 같았다. 진짜 짜증 나고 화났었다.

나는 이렇게 요즘 일어났던 사건들에 대하여 글을 썼는데, 이 글들을 다시 보면서 이런 생각을 했던 것 같다. 인생은 역시 좋은 일과 좋지 않은 일이 나뉘어 일어나는구나. 예를 들어, 나는 여자 친구와 포옹을 해서 기분이 좋았지만, 별로 친하지도 않은 애랑 싸워서 기분이 안 좋았다. 유명한 분이신 유재석 님의 말 중에서 이런 말이 있다.

"열 가지 중에 한 가지가 안 좋을 수도 있지. 대신 아홉 가지 좋은 거 생각하고 살면 되잖아."

이렇게 생각하면 아마 좋지 않은 일이 있어도 금방 극복할
수 있을 것 같다. 긍정적으로 사는 것이 많이 중요한 것 같다.

작은 아이들의 큰 이야기

3-7.
잘 보면, 보인다

나는 어렸을 때 다른 아이들보다 체격이 작은 편에 속해서 괴롭힘을 당한 적이 있었다. 그래서 정신적으로 힘들었는데, 그때마다 나는 학교 화단에 있는 '장미'를 보았다.

장미는 빨간색에 고급스러운 모습을 하고 있다. 장미는 관목성의 화목이다. 야생종이 북반구의 아한대, 온대, 아열대에 분포하며, 약 100종 이상이 알려져 있다. 향기도 좋다. 장미향 디퓨저도 있는 걸로 알고 있다. 장미는 줄기에 가시가 있어서 동물이나 사람이 함부로 만질 수 없다. 난 장미의 그 점이 좋았다. 물론 지금은 아니지만 옛날에 괴롭힘을 당할 때, 장미를 보면서 이런 생각을 했다.

'저런 식물도 자기의 장점을 이용해서 자기 자신을 보호하

는데 난 왜 나 자신을 지킬 만한 것이 없고, 지킬 수 없는 걸까?'

그래서 나는 나를 위해서 노력을 했다. 원래 운동 신경이 좋은 편이어서, 아빠한테 태권도 학원에 다니게 해 달라고 했다. 하지만, 아빠는 태권도보다 주짓수를 더 추천했다.

그렇게 나는 주짓수를 다니면서 나를 지킬 수 있는 기술들을 갈고 닦았다. (여기서 주짓수는 유도와 비슷한 무술이다. 관절을 꺾어서 고통을 느끼게 하는 무술이다.) 그렇게 나는 학교가 끝나는 시간에 맞춰 일주일에 3번 정도 주짓수 학원에 가게 되었다. 그러던 어느 날, 학교가 끝나고 바로 주짓수에 가야 해서 가방에 도복을 챙겨서 갔는데, 어떤 애가 내 가방을 열어 보더니 내 도복을 보고 이렇게 말했다.

"야! 이준서 흰띠다! 완전 못하나 보네."

그래서 나는 분하지만 그냥 조용히 가만히 있었다. 그러다 우리 초등학교가 폐교되었는데, 나는 꾸준히 주짓수를 계속 다녔었다. 주짓수를 오래 하다 보니 운동에 대한 의욕이 떨어져서 그만두고 운동은 축구만 했다. 그리고 중학교 1학년이 되니, 우리 동네에서 초등학교를 졸업한 학생들은 모두 우리 중학교로 왔다. 그러다 보니 처음 보는 애들도 굉장히 많았는

데, 신경전이 좀 많이 일어났다. 우리 학년에 있는 학생만 405
명, 총 16개의 반이 있으니 그럴 만도 하다. 그렇다 보니 나도
다른 애들과 시비가 붙는 경우가 많아졌고, 나는 다시 운동을
시작하기로 결심했다. 그때 내가 하기 시작한 운동은 복싱이
다. J라는 친구가 추천해 줘서 다녀 봤는데, 운동 시간도 자유
고 개인 연습도 할 수 있어서 좋았던 것 같다. 그렇게 복싱을
배우고 친구들과 스파링도 해 보았다. 친구들이 생각보다 잘
한다며 신기해했다. 물론 가끔, 어떤 애들이 와서 시비를 걸기
도 한다.

"키도 작아 가지고 싸움 못할 것 같은데?"

그래도 전보다는 무시하는 애들이 줄었다. 나는 장미를 보
고 다시 일어날 수 있었던 것 같다. 장미의 가시가 나도 할 수
있다는 자신감과 용기를 불어넣어 준 것 같다.

그렇게 나는 다시 일어나 열심히 운동을 해서 사람들이 날
무시하지 못하도록 했다.

나는 누구나 이렇게 할 수 있다고 생각한다. 아무리 좋지 않
은 일이 있어도 긍정적으로 생각하고 다시 일어나서 열심히
하는 것을 추천한다. 고작 14살인 중학교 1학년도 힘들었던
시기와 위기를 극복하고 나왔는데, 못할 이유가 없다고 생각

한다.

 '길을 잃는다는 것은 곧 길을 알게 된다는 것이다.'라는 속담이 있는 것처럼 위기가 있으면 자기가 더 성장할 수 있다. 모두가 슬럼프를 겪게 되지만 그 슬럼프가 곧 자신에게 성장이 되어 다시 돌아올 수 있다.

 나는 이런 것도 추천한다. 자기에게 한 30분 정도 시간을 투자해서 하루에 3번, 아침, 점심, 저녁에 자신의 장점을 하나씩 찾아 칭찬을 해 주는 것이다.

 그렇게 되면 자존감도 높일 수 있어서 기분이 좋아질 수 있다. 그러면 자동으로 긍정적으로 생각해서 슬럼프를 극복하려고 더 노력을 하게 될 것이다. 또 그런 경험을 반복하면서 자신을 성장시키고, 위기에 대한 준비를 할 수 있게 될 것이다.

 전쟁에서 지게 되면 지게 된 원인을 찾아서 다음 전쟁에는 똑같이 당하지 않게 대비를 하는 것처럼, 우리도 우리의 슬럼프를 위해 대비를 해야 한다. 내가 여기서 제일 하고 싶은 말은 아무리 힘들고 눈앞이 어두워 보여도 자신의 목표를 생각하며 그 고통을 이겨 내면 좋은 결과가 따라올 거라고 말해 주고 싶다. 항상 긍정적으로 생각하고, 자신을 칭찬해 주며 자존감을 높여 희망의 끈을 놓지 않도록 노력하자.

작은 아이들의 큰 이야기

3-8.
성공 그리고 실패

　　　　　나는 오늘 나의 성공 경험과 실패 경험을 소개하려고 한다.

　지금 소개하는 건 성공한 경험이다. 나는 피아노를 치는 취미가 있다. 초등학교 1학년 때부터 피아노를 치기 시작했고, 재미로 시작한 피아노가 진심이 될 줄은 몰랐다. 초등학교 5학년 때, 피아노 학원 선생님의 추천으로 피아노 콩쿠르에 나가게 되었다. 나는 피아노 콩쿠르를 나가기 위해 열심히 준비를 했다. 준비를 하면서 선생님한테 욕도 먹고, 칭찬도 받으면서 하루에 2시간씩 연습했다. 쉬는 시간이 정말 많이 없었다. 내가 밥 먹을 시간, 쉴 시간 모두 피아노 콩쿠르 준비에 썼다. 쉴 시간이 없었다. 콩쿠르를 준비하면서 많이 울었다. 내가 원하는 그림이 안 나왔기 때문이다. 중간에 포기한 친구들도 몇 명 있었는데, 나는 끝까지 포기하지 않았다. 친구들이 위로를 해 주고, 같이 열심히 하자고 해 주었기 때문이다.

그리고 콩쿠르 당일, 나는 피아노 학원에 가서 하루 종일 연습을 했다. 그다음, 나는 콩쿠르장에 갔다. 대기실에는 모르는 애들도 있고, 같은 피아노 학원을 나온 친구들도 있었다. 하필이면 내가 앞에서 4번째 정도 순서에 걸렸다. 거의 맨 처음이다 보니 엄청나게 떨렸다. 하지만 나는 그냥 내가 보여 줄 수 있는 만큼만 보여 주자 하고 나갔다. 그렇게 피아노 연주를 시작하고 끝날 때까지는 그냥 기억이 안 난다. 아, 딱 하나 기억난다. 중간에 박자를 놓쳐서 잠깐 멈췄었다. (다행히 탈락하지는 않았다.) 그렇게 피아노를 치고 다른 우리 학원 애들이 치는 걸 보고 나서 난 집에 왔다. 집에서 맛있게 피자를 먹고 있는데, 피아노 선생님께 전화가 왔다. 엄마는 피아노 선생님과 전화를 하다가 이런 반응을 보였다.

"진짜요?!"

그래서 무슨 일이 있나 했는데, 엄마가 내가 준대상을 받았다고 했다. (준대상은 대상 다음, 즉, 2등 정도 되는 상이다.) 너무 기뻤다. 그동안 도움을 많이 주었던 선생님 그리고 날 응원해 준 친구들에게 너무 고마웠다. 지금도 고맙다. 말로 표현은 하지 못하지만 많이 고맙다. 물론, 지금은 공부 때문에 피아노 학원을 가지 않지만 피아노 선생님께도 많이 감사하다. (감사해요!

꾸벅.)

이번에 소개할 것은 실패한 경험이다. 나는 축구를 좋아한
다. 글을 쓰면서, 축구에 대한 내용도 쓴 적이 있다. 나는 5살
정도부터 할머니 덕분에 축구 학원을 다녔다. 물론, 처음 할
때는 공을 손으로 잡고 난리도 아니었지만, 점점 성장했다. 그
러면서 나는 에이스라는 명성을 잠깐 달았고, (지금은 살이 쪄서
그런지 잘 못한다….) 대회에도 나갔다. 그중에도 나는 4학년 때
나간 대회가 가장 기억에 남는다. 왜냐하면, 우리 팀에는 4학
년 애들만 있었지만, 5학년 대회에 나갔기 때문이다. 엄마랑
아빠는 알고 있을지 모르지만 축구대회를 준비하려고 코치님
과 우리 팀 멤버들이 훈련을 열심히 했다. 대회 전날에는 연습
경기까지 하면서 열심히 준비를 했다.

경기 당일, 나는 대회 경기장에 갔는데, 선수들이 무슨, 체
격이 다 어마어마했다. 솔직히 많이 쫄아 있었다. 우리는 B
조였다. B조에서 세 팀과 한 번씩 경기를 했다. 경기를 하면
서 느낀 거지만, 확실히 형들이라 그런지 힘도 세고 축구도 우
리보다 훨씬 잘했다. 하지만 경기장에서는 달랐다. 우리가 계
속 공격권을 가지고 있었고, 계속 밀어붙였다. 그 결과, 첫판
은 0 대 1로 패배, 두 번째 판은 2 대 2로 무승부, 세 번째 판
은 3 대 0으로 승리했다. 두 번째 판에서 코치님이 "이번에 이

기면 우리는 올라간다. 꼭 이겨야 한다. 힘내자." 이런 말을 하셨다. 우린 그 말을 듣고 사기가 올라서 엄청나게 공격을 퍼부어 3 대 0으로 승리를 만들었다. 우리는 다득점으로 올라갈 줄 알았지만, 조 3위로 떨어졌다. 개인적으로 잘했다고 생각했는데, 다 허무하게 날아가는 것 같았다.

너무 슬펐다. 기분 좋게 뛰다가 그 얘기를 듣고 나니 갑자기 시무룩해졌다. 엄마랑 아빠는 모르겠지만, 나는 눈물이 났었다. 열심히 준비한 두 달 정도를 날려 버린 것 같았다. 지금 생각해 보면 아주 잘했지만, 당연히 형들이니까 어쩔 수 없었다고 생각한다. 체격도 그렇고 실력도 다 우리보다 위였던 형들이니까. 코치님도 우리를 위로해 주셨다. 그래서 다시 기분이 좋아졌고, 그 해에 있는 서울시 전국대회에 나가서 우승을 차지했다. 아주 쓴맛을 경험해 보니 더 열심히 하게 되었던 것 같다. 같이 뛰어 주던 승호, 영헌이, 순기 외 많은 친구들과 이재화 코치님께 감사하다고 하고 싶다. (꾸벅.)

나는 이렇게 생각한다. 열 가지 중 아홉 가지가 안 좋은 일이더라도 오직 한 가지 좋은 일을 위해 노력하는 게 더 뿌듯하고 값어치가 있다고 생각한다. 그리고 진짜 내가 좋아하는 명언인데, 이런 명언이 있다.

"'지금이 최악이야'라고 말할 수 있는 한, 지금이 최악은 아니다."

작은 아이들의 큰 이야기

그러니 너무 부정적으로만 보지 말자. 나는 항상 부정적으로 말한다고 엄마, 아빠, 친구들이 그러지만. 노력을 해야겠다, 긍정적인 사람이 되기로.

3-9.
속상했던 날

나는 4학년 때까지만 해도 몸무게가 평균보다 낮았다. 근데 2019년에 이 망할 코로나19가 시작되었다. 갑자기 세상이 변한 것 같았다. 밖에도 함부로 못 나가고, 혹시나 나가야 할 때도 마스크를 무조건 쓰고 가야 했기 때문이다. 엄마, 아빠는 어쩔 수 없이 일을 나가서야 하는데, 나는 학교도 못 가고 온라인 줌 수업을 했다. 학원도 다 온라인 수업으로 했다. 그렇게 되니, 컴퓨터 앞에 있을 때가 맨날 7~8시간 정도나 되었다. 학교 수업이 끝나면 컴퓨터로 게임이나 유튜브 같은 것들을 좀 보다가 다시 온라인으로 학원 수업에 들어가는 생활을 반복했다.

그리고 운동을 많이 하다가 안 하기 시작하니까, 갑자기 살이 엄청나게 쪘다. 나는 살이 찌는 것을 느끼지 못 했지만, 다

작은 아이들의 큰 이야기

른 운동 선생님이나 친구들은 왜 이렇게 살이 쪘냐고 말했다. 그렇게 오랜만에 만나는 사람들마다 '살이 많이 쪘다'라는 말을 했다. 그렇게 되니 스트레스가 말이 아니었다. 그래서 나는 6학년 여름 때부터 아침에 있는 수업(6시 30분~7시 30분)을 하기 전 시간인 6시 부터 6시 20분까지 줄넘기를 하기로 했다. 그렇게 나는 매일매일 줄넘기를 했다. 생각해 보니까 줄넘기를 하면서 살도 빠지고, 발바닥이 자극되어서 그런지 키도 조금 더 컸다. 거기다가 체력까지 늘어 가기 시작했다. 하지만 맨날 학원이 9시 30분 정도에 끝나기 때문에, 집에 와서 저녁을 먹으면 밤 11시쯤에 잘 수밖에 없었다. 따라서 체력적으로도 부담이 많이 되었는데, 그래서 그런지 점점 다크서클이 심해져 갔다. 그래도 계속 운동을 했다. 그러던 어느 날 어쩌다가 실수로 줄넘기를 집에 두고 나왔다. 근데 다시 올라가기가 귀찮았기 때문에 그냥 오늘은 동네를 걸어다니면서 운동을 하기로 했다. 나는 우리 집 주위에 있는 롯데몰도 갔다 오고, 성모병원도 갔다 왔다. 그렇게 우리 동네를 돌고 오니 마음이 상쾌해졌다. 우리 집 위에 있는 놀이터를 돌고 뒤돌아섰는데, 아빠가 나를 바라보고 있었다. 나는 아빠한테 인사를 했지만, 아빠는 여기서 뭐 하냐고 물어봤다. 나는 당연히 오늘 줄넘기를 실수로 못 가지고 와서 동네를 한 바퀴 돌았다고 했다. 근데 아빠는 그럼 왜 놀이터에서 나왔냐고 했다. 나는 당황스러웠다. 왜냐하면, 나는 분명히 놀이터에 들어가지 않고 놀이터 바로 앞에서 돌아섰기 때문이다. 근데 아빠 눈에는 내가 놀이터에서 뭘 하다가 온 것 같다는 눈치였다. 사실, 저번 주에 내가 엄마랑 아빠 몰래 게임기를 사서 하다가 걸렸었다. 그렇기 때문에 믿지 않는 게 당연해서 할 말이 없었다. 아빠는 '그렇게 되면 나는 너를 못 믿겠다.' 하면서 잔소리를 했다. 내 말을 듣지도 않고 자기 말만 하는 아빠의 행동. 진짜 억울해서 죽을 것 같았고, 속상했다. 그렇게 아빠한테 잔소리로 한바탕 맞고 나서 집에 왔다.

근데 아빠가 말을 안 한다고 했던, 내가 몰래 산 닌텐도 스위치를 엄마한테 말해서 엄마도 집에 내가 오자마자 '저 닌텐도 스위치는 뭐냐, 어떻게 샀냐, 저게 있으면 공부는 되냐' 등 많은 말을 했다. 그렇게 하니까 내 멘탈이 아주 바사삭 없어져 버려서, 머릿속이 하얘졌다. 그러다가 갑자기 삶에 대한 현실 자각 타임이 왔다. 나는 멘탈이 바사삭 없어져 버린 상태로 하루를 보냈다. 그렇게 집에 갔다가 오니까, 엄마랑 아빠는 아무 일이 없었다는 듯 다시 인사를 하고 '학교에서는 어떻게 잘 지내냐, 학원 공부는 잘하냐' 등 맨날 하는 소리를 했다. 진짜 어이가 없었다. 내가 아침 일 때문에 하루 동 안 얼마나 힘들었는데, 그런 건 신경도 안 쓰고 아무 일 없었다는 듯이 말을 하는 모습이 너무 짜증 났다. 하지만 또 엄마랑 아빠한테 뭐라

작은 아이들의 큰 이야기

고 하면 아빠가 싸가지 없게 왜 그러냐고 뭐라고 할 게 뻔하다. 어른들은 아이들한테 하고 싶은 말을 다 하면서 막상 어린이들은 어른들한테 하고 싶은 말을 못 한다. 단지 어른이라고 그러는 것도 짜증 났다. 물론 장유유서라는 말이 있는 것처럼 어른들에게 예의 있게 해야 하는 것은 맞지만, 이것은 예의랑 관련된 게 아니라 하고 싶은 말이 있는데 못 하는 게 문제라는 것이었다. 엄연히 차별이었다. 그래서 나는 아무 말도 못 하고 그냥 조용히 대답이나 하고 있었는데, 엄마랑 아빠가 목소리가 왜 이렇게 어둡냐고 했다. 와, 진짜 어이가 없어서 웃음이 나왔다.

그래서 나는 그냥 아무 일 아니라고 말하고 나왔다. 지금도 이 일을 생각하면 짜증이 나고 억울했다. 하지만 다시 생각해 보면 그냥 한마디 하는 것도 나쁘지 않았을 것 같았다. 내가 애초에 거짓말을 하지 않았으면 되었을 것 아닌가. 따라서 내가 이 글을 통해 해 주고 싶은 말은, 당신이 계속 거짓말을 하게 된다면 동화 속에 나오는 양치기 소년처럼 신뢰가 사라져서 결국 그 누구도 당신의 말을 듣지 않을 것이다. 그러면 진짜 위기가 생겼을 때 그 누구도 당신을 도와주지 않을 것이다. 거짓말을 하지 않으려고 노력하자.

3-10.
그냥 이대로

어른들은 이상하다.

어른들은 우리를 이해한다고 말한다. 하지만 실제로는 그렇지 않다. 이해하는 척만 하고 이해하는 행동을 하지 않는다.

어른들은 우리들을 믿지 않는다. 우리들도 생각이 있다. 맡겨 두면 잘할 수 있는데, 모든 것을 대신해 주려고 한다. 그러다 보니 어른들에게 점점 의지하게 된다.

어른들은 우리를 너무 잡아 두고, 가둬 두려고만 한다. 우리도 다 생각이 있고, 나름대로 계획을 짜서 하는 행동인데 그런 행동을 이해해 주지 못하고 탓만 한다.

어른들은 우리가 방에 들어가서 나오지 않으면 스마트폰을 가지고 노는 줄만 아는 고정 관념을 가지고 있다. 꼭 그렇지만은 않은데 말이다. 어쩔 때는 숙제를 하고, 어쩔 때는 좋아하

작은 아이들의 큰 이야기

는 책을 읽는데 말이다. 그러다가 잠깐 핸드폰을 보면 딱 타이밍 맞게 그때 들어와서 공부를 안 한다고 한마디를 한다.

어른들은 비교를 좋아한다. 우리가 힘들다고 하면, 다른 애들은 너보다 2배, 3배 더 하는데 그게 뭐가 힘드냐고 한다. 그리고 자기들은 안 힘들 것 같냐고 말하신다.

어른들은 차별도 좋아한다. 말로는 차별하지 않는다고 하지만 실제로는 그렇지 않다. 무조건 동생한테 양보하라고 하고, '니가 오빠니까 양보해' 이러면서 넘어가고. 이렇게 되니 가장 먼저 차별을 느끼는 곳은 가정일 수밖에 없다.

어른들은 우리를 못 믿는다. 뉴스에서 학교 폭력에 대한 얘기가 나오면 불안한 마음에 우리를 못 미더워한다. 우리를 믿어 주지도 않고 잘하라고만 한다.

어른들은 우리들에게 숨기는 것이 많다. 뭐만 물어보면 '너희들은 몰라도 돼'라며 말해 주지 않는다. 그렇게 비밀이 많으면서 왜 우리들에게는 비밀을 부모님께 말하라고 할까?

어른들은 우리에게 정의롭게 살면 손해 본다고 말한다. 너무 정의롭거나 올바르게 살면 손해를 본다고 한다. 어쩔 때는 적당히 거짓말도 하고 때로는 비겁해야 한다고 이야기한다. 우리가 학교에서 배우는 도덕 교과서에는 그렇게 나와 있지 않다. 과연 무슨 말이 맞을까.

난 어른들에게 서운한 것이 한두 가지가 아니다. 그래서 만약에 내가 어른이라면 아이들을 믿어 주고, 자유롭게 해 주고, 비교하지 않고, 좋은 것만 보여 주고, 차별도 하지 않을 것이다. 예를 들어, 아이들이 숙제를 다 했다고 하면 믿어 주고, 친구들과 게임을 하고 싶다고 하면 시켜 주고, 놀고 싶다고 하면 놀아 주고, 공부를 잘 못해도 잘한다고 칭찬해 주는 그런 좋은 어른이 되고 싶다. 아이들을 이해하는 사람. 이렇게 생각하면 이상하다. 어른들도 나같이 어른들에게 불만이 있었던 적 있었을 텐데. 그런 기분을 알면서도 우리한테 이런 짓을 하는 게 이해가 안 된다. 진짜 어른들은 이상하다. 그냥 사는 이유를 모르는 것 같다. 그냥 일하기 싫어하고, 아이들도 봐주는 것도 싫어한다. 도대체 좋아하는 게 뭔지 이해가 안 된다.

맨날 내 학원비 때문에 더 힘들다고 부모님들은 말한다. 그래서 가끔씩은 이렇게 생각한다. 달마다 200만 원씩 학원비를 내는 게 그렇게 힘들면, 날 왜 낳았는지 이해가 안 된다. 날 낳지 않았으면 편히 먹고살 수 있었을 텐데. 한 달에 200만 원, 즉 1년에 2,400만 원을 저축할 수 있는데. 차라리 그 돈으로 편하게 살면 되는 것을 왜 나한테 투자하는지 이해가 안 된다.

난 아이들이 해 달라고 하는 것은 다 해 줄 것이다. 내 능력이 다하는 데까지 해 주고 싶다.

왜냐하면 난 아이들의 기분을 알고 있으니까. 그래도 난 지금이 더 좋다. 왜냐하면

작은 아이들의 큰 이야기

어른들은 기쁜 것을 모르는 것 같기 때문이다. 웃어도 잠깐 웃고 말고, 그냥 하루 종일 힘들고 귀찮고, 그래 보인다. 항상 피곤해 보이고, 힘들어 보인다. 근데 달리 생각해 보면, 다 우리들 때문이라고 생각한다. 만약에 엄마, 아빠 단둘이 살았다면 차도 좋은 것을 타고 다니고, 더 좋은 집에서 살았을 텐데. 왜 우리한테 투자를 하는지 모르겠다. 그랬다가, 또 대학도 잘못 가면 그 돈을 땅에 버리는 꼴이 되기 때문이다.

어른이 된다면 불행할 것 같다. 물론 혼자 살아도 보고, 청소년 때 못했던 술이랑 담배도 해 보고, 부모님이 터치 안 하면서 밤늦게까지 피시방에 있든, 어디를 가든 상관없기 때문에 좋을 것이다. 하지만 지금 내 주위에 있는 어른들은 항상 힘들어 보인다. 그렇다 보니 내가 좋은 직업을 가져도 힘들 것 같다. 그냥 지금처럼 편하고 재미있게, 친구들도 많고, 애들끼리 디스코드나 하면서 놀고, 같이 공부도 하고 인생네컷도 찍으러 가는, 그냥 이런 게 행복하다. 내 생각에는 점점 클수록 행복은 줄어드는 것 같다. 마치 피라미드처럼 말이다. 점점 클수록 행복이 줄어드는 피라미드. 그래서 난 지금이 좋다. 이 상태가 계속 유지되면 좋겠다.

4장

아빠 어디가

임규민

4-1.
내 인생 첫 번째 표창장

표창장을 받은 날이다. 반에서 학기 말마다 학생 3명을 선생님이 선정한다. 뽑힌 사람에게는 표창장을 주면서 13,000원 상당의 상품을 고르라고 한다. 나는 갖고 싶은 스피너를 골랐다. 일주일 정도 지났을 때, 과학실로 표창장을 받은 사람만 모이라고 선생님이 말씀하셨다. 이유를 여쭤봤더니 시상식이라고 했다. 쉬는 시간에 과학실로 갔더니 상 받은 다른 반 아이들도 있었다. 시상식 담당 선생님이 어디에 설지 말해 줬다. 기다리니 교장 선생님이 오셔서 한 명씩 표창장을 수여했다. 내가 5년 동안 초등학교 다니면서 처음 받는 상이었다. 기왕 받는 거 전교생이 보는 앞에서 받았으면 좋았을 것 같았다. 조금 아쉬웠다. 그래도 처음 받는 거라 신기했다.

나는 내가 모범생 스타일은 아니라고 생각했다. 이번에 받을 수 있었던 것은 아무래도 도장 때문인 것 같다. 1학년부터 4학년까지는 선생님이 모범생이라고 생각하는 친구들에게 상을 줬기 때문에 받을 수 없었다. 이번 5학년은 시험 잘보고 운동장 두 바퀴 뛰고 오면 도장을 찍어 줬다. 시험을 잘보는 것은 자신이 있었다. 예상대로 항상 90점 이상으로 결과가 나왔다. 그렇게 해서 도장을 1등으로 많이 받을 수 있었고, 그 결과 표창장을 받게 되었다. 이번 일로 자신감이 높아지게 됐다.

종이 한 장을 위해서 학기 말에는 거의 모범생처럼 생활했다. 좀 더 모범생이 되려고 노력할 때 그냥 일반 까불이 학생처럼 학교생활을 할까 생각한 적도 있었다. 하지만, 상을 타고나니 그에 맞는 행동을 해야 할 것 같아서 꾹 참았다.

나는 모범생이 되고 싶었지만, 옛날에는 행동이 전혀 그렇지 않았다. 천방지축 까불기로 유명했다. 한마디로, 살 빼고싶으면서도 먹을 건 먹고 싶은 심정이었다. 이쯤 되면 내가 모범생에 집착한다는 걸 알 수 있다. 어렸을 때부터 모범생으로 각인된 친구들은 선생님의 사랑을 듬뿍 받고는 했다. 친구들이 부러웠다. 나도 그렇게 되고 싶었다. 생각은 그랬지만, 좀

작은 아이들의 큰 이야기

처럼 실천이 잘 안 됐다. 1학년, 2학년, 3학년, 4학년을 지나고, 5학년 2학기가 돼서야 모범생이 됐다는 게 실감 났다. 지금까지도 모범생처럼 해 본다고 나름 노력했지만, 원하는 느낌은 제대로 받지 못했다. 한편으로, 모범생다운 생활을 5학년이 거의 끝나서야 할 수 있다는 게 조금 아쉬웠다.

3학년 2학기부터 5학년 2학기. 내가 5년 동안 반장 선거에 빠짐없이 나가서 반장이 된 기간이다. 3학년 때는 친구들이 뽑아 준다고 해서 당선되었다. 5학년 때는 공약을 통해 친구들이 나를 뽑도록 만들었다. 구체적으로 분석해 보았다. 내 생각에 3학년 때는 친한 친구들이 뽑아 준 덕에 반장이 된 것이다. 모범생도 아니었다. 공약이 좋았던 것도 아니었다. 유일하게 친하다는 이유였다. 표수는 내가 꼴찌였다. 하지만 5학년 때는 공약 발표도 미리 준비했고, 친구들 사이에서 신뢰도 있는 상태에서 반장 선거를 했다. 방학 숙제를 1등으로 잘해서 그때부터 친구들이 나를 약간 우러러보기 시작했다, 공약도 미리 준비한 덕분에 표수 1등으로 뽑힐 수 있었다.

어떤 애들은 공약이 부실한 상태에서 나가도 편하게 반장이 되던데, 나는 어느 정도 준비를 하고 용기 내서 반장 선거에 나가도 안 뽑혔다. 몇 년이 지나고 나서야 깨달았다. 친구들은 평소의 행동을 보고 얼마나 믿을 만한지를 일차적으로 판단했다. 그리고 선거 날 공약을 듣고 뽑았다. 하지만 나는 항상 공약만 잘 준비했을 뿐 나머지는 미리 준비하지 못했다. 5학년이 돼서야 세 가지 다 지킬 수 있었고, 표수가 가장 많아 당선될 수 있었다.

지금까지 경험을 통해 나는 한 번 잘하고 아홉 번을 까부는 것보다 열 번 일정하게 잘 행동해야 한다는 걸 알게 되었다. 이 교훈으로 나의 문제점을 해결할 수 있었고, 그것에 대한 보상으로 상과 스피너를 받을 수 있었다. 또한, 안 된다고 탓하기보다 안 되는 이유가 뭔지 찾고, 어떻게 하면 고칠 수 있는지 생각하고 행동할 수 있게 되었다.

앞으로도 모범생 타이틀을 벗어나고 싶지 않다. 그래서 나도 생각한 게 있다. 작심삼일이다.

나는 의지가 약하다. 항상 포기가 먼저다. 하지만 단점을 장점으로 역이용할 수 있다. 3일 하고 포기하고, 다시 마음잡고, 3일 하고. 이런 식으로 새 인생을 모범생 마인드로 이끌고 싶다. 그것도 어려우면 1일에 한 번씩 자기 전에 다짐하고 하는 식으로 해도 좋을 것 같다.

작은 아이들의 큰 이야기

열 번 중 한 번 잘하고 나머진 못하는 것보다 열 번을 비슷하게 잘하는 게 낫다. 5년을 거쳐 얻은 결과인 만큼 다시 원래대로 돌아가긴 싫다. 내년에 6학년인데 회장 선거에 나갈까 하는 생각이 든다. 5학년 친구들도 어느 정도 나를 조금씩은 믿고 있으므로 당선이 될까 하는 생각이 들어서다.

내년에도 표창장에 도전하는 게 목표다. 철없던 저학년을 잊고 마지막 초등학교 생활을 모범생으로서 졸업하고 싶다. 그냥 까불이로 찍히고 찝찝한 마음으로 졸업할 바에는 차라리 학교를 안 다니는 게 나을 것 같다. 모범생이란 타이틀을 깨는 아이들이 많지만 나는 그 이미지를 깨고 싶지 않다. 1학년부터 5학년 말까지 열심히 해서 얻은 결실이어서 더욱 그렇다.

4-2.
『샬롯의 거미줄』을 읽고

이 책은 아는 누나가 물려줘서 읽게 되었다. 윌버는 시골의 작은 농장에서 태어난 제일 작은 돼지다. 너무 작으면서 사룟값만 들고, 건강하지 못할까 봐 죽이려고 했다. 하지만 농부의 딸 펀 덕분에 살아남게 되었다. 그렇게 윌버를 키우다 보니 너무 커져서 삼촌 농장으로 보냈다. 윌버는 외롭고 심심해서 친구를 찾고 있는데, 농장 천장에서 "내가 너의 친구가 되어 줄게."라는 소리가 들렸다. 그때부터 거미인 샬롯이 윌버의 친구가 되었다. 그런데 위기가 찾아왔다. 늙은 양이 보고 들은 소리인데, 겨울이 되면 윌버가 맛있는 베이컨이나 햄이 된다는 것이었다. 윌버를 살리려고 고심하다가 샬롯이 거미줄로 멋있는 글자를 쓰기로 하였다.

작은 아이들의 큰 이야기

다음날 샬롯이 윌버의 울타리에 거미줄로 '대단한 돼지'라
는 글자를 썼다. 그 글자 덕분에 윌버는 유명해졌고, 기자들까
지 왔다. 그 뒤 계속 글자를 써넣었고, 명성을 얻은 윌버는 품
평회 대회를 나가게 되었다. 1등은 못 했지만, 특별상을 탔다.
하지만 샬롯은 얼마 안 돼서 죽었다. 죽기 전에 샬롯은 알을
낳았다. 샬롯의 부탁대로 윌버는 알을 입에 물고 농장으로 돌
아왔다.

샬롯이 죽은 그해 겨울이 지나고, 봄이 찾아왔다. 드디어 알
에서 거미가 나오기 시작했다. 100마리 정도 나왔는데, 거미
가 농장 안에 있지 않고 자꾸만 밖으로 나갔다. 윌버는 친구를
다시 잃은 줄 알고 울다 지쳐 잠들었다. 다음날, 윌버는 거미
가 세 마리 남았다는 것을 알았다. 윌버는 친구가 한 마리에서
세 마리로 늘어난 게 행복했다. 그 뒤로도 해마다 샬롯의 자손
들이 태어났고, 꼭 2~3마리 정도 남아서 윌버의 친구가 되어
주었다. 게다가 농장주인 삼촌은 윌버를 영원히 키워 줄 것이
기 때문에 윌버는 여생을 편안히 보낼 수 있었다.

이 책을 읽고 나서 나에게도 윌버와 샬롯만큼 우정을 나눌
친구가 있는지 생각해 보게 되었다. 막상 떠오르는 친구가 없
었다. 나도 샬롯 같은 멋진 친구가 있었으면 좋겠다. 상대방을

배려해 주고 지켜 주는 마음이 따뜻하게 느껴졌다. 샬롯 같은 친구가 있다면 정말 깊은 우정을 쌓을 것 같다. 그 진한 우정 덕분에 매일 행복할 것 같다.

샬롯이 자기가 죽을 수 있다는 것을 알고도 끝까지 친구인 윌버를 챙기고 알을 낳은 모습이 감동적이었다. 아무리 작고 약한 거미지만 윌버를 살리기 위해 지혜를 발휘하는 모습에 감탄했다, 비록 소설이기는 하지만, 이 책을 읽은 후 하찮은 거미라도 쉽게 무시하지 말아야겠다.

이야기 처음 부분에 사료만 축내는 약한 돼지를 골라 죽이려고 하는 아버지가 나쁘다고 생각했다. 울면서 아버지를 말리는 펀의 모습에 슬펐다. 나도 펀처럼 동물을 매우 좋아하기 때문에, 종종 위기를 느끼는 윌버가 불쌍했다. 소시지나 고기로 만든다는 이야기에 내가 윌버를 구해 주고 싶을 정도였다. 수많은 동물이 윌버와 비슷하게 죽는다고 하니 동물들이 불쌍하게 느껴졌다. 나는 고기를 많이 좋아하지만, 이 책을 읽으면서 고기를 조금만 먹어야겠다고 생각했다. 그래야 동물들이 많이 죽지 않을 것 같았다. 윌버를 보면서 내가 집에서 키우는 병아리가 생각났다. 그 병아리는 내가 키우는 덕에 닭고기가 되지 않고 여생을 편안하게 보낼 것이다. 하지만 샬롯과 윌버의 이야기를 보니 내가 키운 병아리도 친구가 필요하지 않을까 생각해 보았다. 내가 키우면서 닭고기가 안 되게 하는 것이 좋은 건지, 커서 닭고기가 되더라도 친구들이랑 같이 생활하는 게 좋은 건지 고민이 되었다.

이 책을 보면서 내가 좀 이기적으로 행동한 부분은 없는지 뒤돌아보게 되었다. 친구들과 친하게 지내기에도 한정된 시간인데, 학교에서 친구들과 가끔 다투고 한 것을 반성하게 되었다. 나는 친구가 많지만, 정작 샬롯 같은 친구는 없는 것 같다. 친구 사이에 충돌이 생겼을 때 양보와 배려가 부족했다. 상대방을 좀 더 이해하고 역지사지로 생각해 보는 자세가 서툴렀던 것 같다. 지금이라도 친구들을 배려하는 연습을 하고 싶다. 도움이 필요한 친구가 있으면 내가 좀 힘들더라도 힘을 보태야겠다. 내가 먼저 손을 내밀고 나누는 자세가 필요한 것 같다. 윌버와 샬롯처럼 서로를 위한 마음이 진심이라면 진짜 우정을 나눌 수 있을 것 같다. 이 책을 통해 마음을 나누는 친구 사이에 대해서 생각해 보았으니 하나씩 실천해 봐야겠다.

4-3.
아빠 어디가

아빠랑 나는 단둘이 여행을 많이 간다. 여행 이름은 항상 '아빠 어디가'였다. 엄마가 우리 두 남자를 위해 만들어 준 부자 여행이었다. 지금까지 다섯 번 여행을 갔다 왔는데 서울, 분당, 제주, 서천, 부산 등 전국을 돌아다니며 여행을 했다. 가족 셋이 여행을 가거나, 아니면 아빠랑 단둘이 여행을 가거나 둘 중 하나였다. 엄마랑은 가끔 화순이나 장흥으로 당일 나들이를 다녀오곤 했다. 엄마가 바람 쐬러 갈 이벤트를 만들어 줬다.

아빠랑은 부자 여행을 꾸준히 다녀서 그런지 취향이 서로 비슷했다. 엄마는 정반대는 아니지만 내 취향이랑 조금 다른 면이 있다. 여행에서는 문제에 대응하려면 똘똘 뭉쳐야 한다.

엄마보다는 아빠랑 여행을 더 많이 다녀서 호흡이 잘 맞는다. 그래서인지 일상에서 문제가 생기면 아빠랑 해결책을 찾는 것이 엄마랑 해결하는 것보다 더 빠르다.

외국 여행은 무조건 세 식구가 같이 갔다. 외국 여행을 가서 문제가 생기면 가족 셋이서 열심히 이야기해서 문제를 해결했다. 해결책을 찾고 그걸 외국인에게 말해야 하는 경우가 종종 있었다. 대부분 아빠가 손짓, 발짓을 다 해 가면서 외국인하고 소통했다. 그런데 조금 이상한 게 있었다. 엄마가 영어를 더 잘하는데 소통은 아빠가 어떻게 더 잘할 수 있는지 이해가 안 갔다. 내가 생각하기에는 엄마는 여행을 자주 안 가니까 대처 능력이 보통이다. 하지만 아빠는 나를 데리고 자주 여행을 다니니까 국내든, 국외든 재치 있게 대처하는 법이 늘어난 것 같다. 눈치로 소통하는 법을 알고 있는 아빠만 있으면 여행에서 발생하는 문제는 대부분 해결이 되었다.

지난겨울, 눈이 많이 내렸다. 썰매를 타기에는 아직 눈이 덜 얼어서 아빠랑 눈싸움하고 눈사람을 만들었다. 다음 날은 썰매를 타기에 딱 적절했다. 마침 집 앞에 작은 산이 있어서 썰매 타기에 좋았다. 하지만 썰매가 집에 없었다. 만약 바로 썰매를 주문하더라도 도착하면 눈이 다 녹을 것이다. 그래서 아빠가 나를 위해 방법을 찾아보겠다고 하셨다. 그리고 그날, 퇴근하는 아빠 손에 깜짝 선물이 들려 있었다. 스티로폼 뚜껑과 파란 재활용 봉지를 이용하여 썰매를 만들어 오셨다. 게다가 끈까지 달려서 진짜 썰매처럼 근사했다. 세상에 단 하나뿐인 멋진 썰매였다. 그 길로 바로 아빠랑 썰매를 가지고 언덕으로 올라갔다. 언덕은 대문으로부터 도로 하나를 두고 바로 앞에 있다. 언덕 위에서 썰매를 타고 내려오면 정말로 짜릿했다. 눈이 많이 쌓인 도로도 빙판길이었다. 아빠는 썰매에 나를 태우고 신나게 달리셨다. 나만의 빙상장이 생긴 것 같았다. 나중에 보니 추운 겨울인데 아빠 이마에 땀이 맺혀 있었다. 5학년짜리 초등학생을 태우고 여러 번 왕복하니 힘들었을 것 같다. 항상 나랑 잘 놀아 주는 아빠가 나는 참 좋다.

아빠는 나를 위해 매달 과학관 프로그램 신청하셨다. 한 달에 한 번 가는 과학 프로그램이었는데, 빠지지 않고 참여할 수 있도록 항상 동행해 주셨다. 나는 외동이다 보니 집에서는 팽이를 혼자 가지고 놀아야 한다. 가끔 팽이 게임을 하고 싶어질 때면 아빠가 기꺼이 파트너가 되어 주셨다. 아빠랑 하는 팽이 시합이 친구들하고 하는 것 못지않게 재미있었다. 아빠가 내 친구처럼 놀아 주시기 때문이다. 내가 사는 도시 인근에 있는 시골 학교에 다니다 보니 동네 친구가 없다. 그래서 가끔 외롭

작은 아이들의 큰 이야기

기는 하지만, 아빠가 잘 챙겨 주니까 심심하지는 않았다.

9살 때였다. 퇴근하는 아빠를 기다렸다. 아빠가 퇴근하면 밥을 후다닥 먹고 함께 컴퓨터 게임을 했다. 지금은 안 하지만, 그때 재미있게 했던 게임이 '불물 게임'이다. 이 게임으로 말할 것 같으면 협동하는 점프 게임이다. 저녁마다 의자 두 개를 갖다 놓고 아빠와 함께 부지런히 스테이지를 깨나갔다. 스테이지를 통과할 때마다 아빠랑 나는 신나서 하이파이브를 했다. 그 순간은 짜릿했다. 모든 스테이지를 깨는 데 일주일이 걸렸다. 아빠와 뭔가를 같이 이루고 성취하는 느낌이 좋았다.

'불물 게임'은 고학년 하기에는 시시하다. 학년이 올라갔으니 그에 걸맞게 게임 수준도 업그레이드했다. 요즘에는 '로블록스'를 주로 한다. 무료 게임이어서 좋기도 하지만, 무엇보다 매력적인 것은 내가 게임을 직접 만들 수도 있다는 점이다. 로블록스에는 '로벅스'라는 게임 머니가 있다. 로벅스는 로블록스에서만 사용할 수 있다. 로벅스를 갖는 방법에는 두 가지가 있다. 내가 만든 게임 아이템을 누군가 사 준다면 나는 로벅스를 벌 수 있다. 아니면 직접 돈을 주고 로벅스를 사면 된다. 후자 같은 경우를 보통 게임 용어로 '현질 한다'고 표현한다.

최근에 로블록스에서 게임 한 개를 만들었다. 메타버스처럼 3D로 만들었고, 서버가 있다. 그런데 아빠가 메타버스에 관한 책을 읽었다. 그 이후에 나에게 로블록스에 관해 물었다. 아무래도 책에서 로블록스 이야기가 나온 것 같았다. 대화가 될 것 같아서 아빠한테 내가 직접 만든 게임을 자랑했다. 아빠의 눈이 커졌다. 왠지 아빠가 나를 우러러보는 느낌을 받았다. 아빠한테 인정받는 것 같아서 그 느낌이 좋았다.

아빠랑 서로 통하는 게 많아서 나는 아빠가 좋다. 아빠는 나에게 없으면 안 되는 존재다. 아빠가 친구처럼 느껴질 때가 많았다. 덕분에 외동이지만 외롭지도 않았고, 그동안 심심할 때가 거의 없었다. 게다가 아빠가 운동을 전공한 덕분에 운동 신경도 좋고 건강하게 태어난 것 같다.

아빠는 나에게 자주 깜짝 선물을 한다. 예를 들면, 한참 드론에 관심이 있을 때 갑자기 드론을 선물로 가지고 오셨다. 한여름에 산타를 만난 기분이었다. 자동차에 빠져 있을 때는 퇴근하는 아빠 손에 레이싱카가 들려 있었다. 그러니 내가 아빠를 안 좋아할 수가 없다. 아빠는 나를 기쁘게 해 주기 위해 항상 노력하는 것 같았다. 지금도 변함이 없다. 아빠는 나에게 소중한 존재다.

4-4.
철새 꿈

"만약에 내가 철새가 된다면 어떨까?"

겨울이 되면 따뜻한 외국으로 날아갔다가, 봄이 오면 다시 한국으로 올 것이다. '이러면 평생 추운 겨울을 모르고 살지 않을까?'라는 생각이 문득 들었다. 말 그대로 죽을 때까지 따뜻한 곳에서 먹이를 찾아 먹으면서 세계 여행을 할 것 같다.

세상에 여행을 싫어하는 사람이 과연 있을까? 평생 똑같은 곳에서, 똑같은 하루를 보내며 기계처럼 살다가 죽는 것보다 백배, 천배 나을 것 같다. 그런데 1년에 계속 한 번도 빠짐없이 세계 여행을 하면 얼마나 좋을까.

우리는 강제적으로 여행을 할 수 없었던 시기가 있었다. 바로 전 세계를 충격에 빠뜨렸던 팬데믹 시기였다. 심각할 때는 어느 곳도 갈 수가 없었다. 나중에 상황이 조금 나아져 가더라도 불안한 마음을 떨칠 수가 없었다. 하지만 철새는 새장에 갇히지만 않는다면, 언제든 자유롭게 여행을 다닐 수 있다. 부러웠다.

코로나19 팬데믹은 우리의 모든 생활에 영향을 미쳤다. 5학년 때 야영도 코로나 때문에 못 갔다. 다른 체험 학습도 하나도 빠짐없이 모두 취소됐다. 코로나19가 처음 발생한 4학년 때는 더 심각했다. 새 학기인 3월 등교가 계속 미뤄졌고, 6월이 되어서야 학교에 갈 수 있었다. 마스크를 쓰고 등교해야만 했다. 교실에서도 항상 착용하고 있어야 했다. 제일 힘들었던 것은 체육 시간에 마스크를 쓰고 운동할 때였다. 곧 6학년으로 올라간다. 지금은 방학이어서 어디 안 가고 집에서 지낸다. 어디 조금만 돌아다녀도 확진자와 동선이 겹쳤다고 연락이 오기 때문이다. 하지만 철새에게는 코로나19 시기가 좋았을 것 같다. 왜냐하면, 코로나19 때문에 공장이 멈춰서 환경이 더 좋아졌기 때문이다. 철새는 코로나를 알기나 할까? 무리 지어 다니면서 하고 싶은 거 다 하고 모든 관광 명소도 가 볼 수 있는 철새가 부럽다.

작은 아이들의 큰 이야기

여행을 원하면 언제든 갈 수 있는 철새처럼 되고 싶은 것은 과한 바람일까? 만약에 사람도 날개가 있으면 어땠을까? 그럼 철새를 부러워할 필요도 없지 않을까 싶다. 날개가 있으니 가고 싶은 방향으로 마음껏 날아다닐 수 있어서 신날 것 같다.

철새는 누구의 간섭을 전혀 받지 않으면서 원하는 대로 사니까 얼마나 행복할까? 전 세계를 자유롭게 날아다니며 언제든 맛있는 걸 먹을 수 있는 철새에 대한 부러움이 요즘은 정점에 달하고 있다. 코로나19로 집 안에, 교실 안에 갇혀 지내는 생활이 기약 없이 계속되니 답답하다. 특별한 경우가 아니면 집에만 있어야 한다. 가끔 집 밖을 나가도 똑같은 곳만 왔다 갔다 하면서 살고 있다. 우물 안에 갇힌 개구리가 된 느낌이다.

코로나19와 함께한 3년 동안 낯선 곳에 가 본 적이 딱 한 번 있다. 나머지는 다 가봤던 곳이었다. 가 봤던 곳 중에도 사람이 거의 없는 곳만 방문했다. 호기심 많은 나는 가족들과 새로운 곳에 가는 것을 좋아했다. 여행 가족답게 코로나19가 생기기 전에는 1년에 두 번 정도 새로운 지역을 찾아 부자 여행을 가거나 가족 여행을 갔었다. 지금은 1년에 한 번은커녕 3년 동안 겨우 한번 갔다. 상황이 이렇다 보니 10살까지는 많은 것을 경험했었는데, 11살부터는 경험이 확 줄어들었다. 마스크 벗고 여행 가는 날을 목 빠지게 기다리고 있지만, 이번 해를 넘기면 답답한 생활을 한 지도 3년이 다 돼 간다. 올 연말에는 꼭 여행을 가고 싶다.

답답함을 상상으로 풀어냈다. 내가 철새가 되었다고 생각해 보았다. 철새가 된다면 나는 우선 경주로 여행을 떠날 것 같다. 먼저 첨성대에 가서 사람이 들어갈 수 없는 곳에 들어갈 것이다. 철새니깐 가능한 일이다. 안에도 들어가 보고 첨성대 위에서 밤하늘도 보고 싶다. 첨성대를 꼼꼼히 구경한 다음에 불국사도 자세히 보고 싶다.

갑자기 해외로 가 보고 싶었다. 유럽으로 날아가서 프랑스에 있는 에펠탑에 구경하는 내 모습을 상상했다. 그리고 이탈리아 수도 로마에서 콜로세움 경기장을 구경하는 모습도 그려 보았다. 가고 싶은 곳이 많았지만, 우선 제일 먼저 생각나는 도시와 나라를 상상했다. 사진으로만 본 곳이기 때문에 꼭 죽기 전에는 직접 가 보고 싶은 곳들이다.

갑자기 철새보다는 사람으로 살고 싶어졌다. 이유를 생각해 보았다. 내가 생각하는 여행은 이렇다. 비행기를 타기 전에 탑승 수속을 밟을 때부터 가슴이 뛴다. 수속을 마치고 비행기

작은 아이들의 큰 이야기

에 탑승하라는 안내 방송이 나올 때까지 들뜬 마음으로 기다린다. 안내 방송이 나오고 비행기에 탑승한다. 내 자리를 찾아앉는다. 내 자리가 창가 쪽이면 속으로 쾌재를 부른다.

출발 시간이 다가오면 승무원이 안내 사항과 위급 상황 시 대처법을 알려 준다. 비행기가 굼벵이처럼 움직이다가 큰 엔진 소리를 내며 고속도로를 달리는 차처럼 속도를 낸다. 활주로를 달리다가 어느 순간에 덜컹 소리와 함께 땅과 바퀴가 멀어진다. 나도 멀어지는 공항을 보면서 설레는 마음을 안고 여행을 시작한다. 이것이 내가 느끼는 여행의 짜릿함이다.

철새가 된다면 그런 감정 없이 지구를 탐방하고 다닐 것 같다. 즉, 같은 해외여행이지만 내가 철새로 돌아다닌다면 해외여행이 아닌 학교에서 단체로 가는 체험 학습 느낌일 것 같다. 코로나19 때문에 여행을 못 가서 답답하기는 하나 그렇다고 철새가 되고 싶은 건 상상에서 멈춰야겠다. 인내심을 가지고 기다려야겠다. 눈앞에 열매만 보고 큰 것을 잃어버리면 안 될 것 같다. 철새가 돼서 인간으로서 누릴 수 있는 행복을 포기하기보다 코로나19가 끝나길 기다리는 삶이 아무래도 더 나을 것 같다. 이렇게 글을 쓰다 보니 나는 지금이 삶에 만족하는 것 같다.

4-5.
발명왕 에디슨

어머니께서 소설책만 읽지 말고 다른 책도 읽으라며 이 책을 주셨다. '에디슨'에 대해서는 책을 읽기 전에도 수없이 들었지만, 곰곰이 생각하여 보니 '발명왕'이라는 것밖에 모르는 나를 발견했다. 에디슨에 대한 궁금증이 생겼다. 에디슨을 좀 더 깊이 알기 위해 독서를 시작했다.

에디슨은 어렸을 때부터 발명과 실험을 좋아했다. 에디슨은 학교에서 놀림을 받을 때도, 선생님이 바보라 나무랄 때도 꿋꿋하게 실험을 계속하였다. 멘탈이 강한 편이었지만, 흔들릴 때도 있었다. 에디슨이 기죽고, 포기하고 싶고, 이걸 왜 하나 싶을 때 포기하지 않고 실험을 계속할 수 있었던 이유는 바로 어머니의 존재였다. 어머니의 따뜻한 위로와 아들에 대한 믿

작은 아이들의 큰 이야기

음이 에디슨을 포기하지 않게 했다. 물론, 에디슨의 노력과 끈기도 있었겠지만 말이다.

에디슨이 학교에 입학했는데, 3개월 만에 중퇴를 당했다. 도저히 가르칠 수 없다는 것이 이유였다. 학교에서 쫓겨나 초등학교조차 다니지 못했던 에디슨이었다. 그런 에디슨이 어떻게 인류 발전에 이바지한 발명왕이 되었을까? 에디슨의 발명품이 없다면 현재 우리의 생활은 불가능한데 말이다. 에디슨은 학교를 그만두고 발명에 몰두하기 시작하였다. 수많은 시도를 하고 실패를 맛봤지만, 끝까지 포기하지 않고 도전했다. 그 결과 최고의 발명품들을 만들어 냈다. 에디슨 덕분에 전 세계가 편하게 살고 있다.

에디슨의 가장 큰 교훈은 '끈기'라고 생각한다. 100번도 넘게 실패한 경험이 있지만, 포기를 하지 않았던 에디슨이 존경스럽다. 나 같으면 벌써 포기했을 것이다. 아니, 나라면 실패 후에 새로운 시작을 할 엄두를 못 냈을 것이다.

에디슨에게는 용기도 많은 것 같다. 4학년 때 '새로운 시작을 할 때는 용기가 필요하다'라는 선생님 말씀이 생각났다. 에디슨은 용기를 냈기에 도전해서 인류 발전에 공헌할 수 있었던 것은 아닐까!

실험실에서 쫓겨났을 때 에디슨은 기운이 없었다. 그때 착한 철도 요원이 에디슨에게 전신 기술을 가르쳐 주어 에디슨은 평생 전기에 관계된 연구에만 전념하게 되었다. 그러고 보니, 에디슨을 도운 착한 사람들도 많은 것 같다.

"실패는 성공의 어머니이다."

에디슨의 끈기 있는 모습을 보면 이 말이 떠오른다. 에디슨이 실패를 딛고 성공하는 모습이 존경스러웠다. 그 무엇보다도 말이다. 돈이 아주아주 많은 부자보다, 외모가 뛰어난 사람보다 멋있었다.

우연히, 인터넷에서 에디슨에 관한 내용을 읽게 되었다. 전구를 발견한 에디슨에게 기자가 다음과 같이 질문을 했다.
"2,000번 정도의 실험 끝에 전구를 발명했을 때의 기분이 어땠습니까?"
에디슨은 정색하면서 대답했다고 한다.
"실패라니요? 저는 단지 2,000번 정도 단계를 거쳐 전구를 발명했을 뿐입니다."

작은 아이들의 큰 이야기

이 교훈은 깊이 새겨 두고 싶다. 나는 무슨 일을 하더라도 실패하면 짜증을 많이 내고 싫어했는데, 고쳐야겠다. 에디슨처럼 낙천적으로 생각하는 연습을 하고 싶다. 실패를 실패로 보지 않고 노력하는 과정으로 봐야겠다.

내가 또 재미있게 읽었던 부분은 에디슨이 달걀을 품어 병아리를 만들려고 노력하는 장면이다. 처음에는 에디슨이 어릴 때 좀 바보였나 의심했다. 하늘에 붕붕 뜬다고 가스가 나오는 약을 먹기도 하였다고 한다. 진짜 그랬을까 의구심이 들었다. 진짜라면 바보 같은 행동을 하는 에디슨이 어떻게 발명왕이 되었을까? 궁금해서 엄마에게 여쭤봤다.

"궁금한 것이 있으면 실제 해 보려는 시도가 훌륭한 거지. 그 덕에 과학자가 되고 발명의 천재도 된 거란다."

엄마는 이렇게 말씀하셨다. 엄마가 하는 말씀을 책을 다 읽고 나니 조금은 알 것 같았다.

아무리 천재라 하여도 처음에는 실수를 할 수 있다는 것을 깨달았다. 앞으로 나도 실수를 하더라도 창피하다든가 바보 같다는 생각을 안 해야겠다. 에디슨 같은 천재의 실수가 천재를 만들었다는 내용이 책에 쓰여 있다.

에디슨이 발명왕이 된 이유가 머리가 좋아서일까? 공부를 많이 해서일까? 이런 점들이 궁금했는데 이 책을 끝까지 읽고 나니 알 수가 있었다. 무엇이든 궁금한 것이 있으면 알 때까지 끝까지 해 보는 노력한 것이 중요한 것 같다.

4-6.
나를 위한 꽃 한 송이

　　오늘 아침 눈을 떠 보니 8시 40분이었다. 지각? 아니다. 지금은 방학 기간이다. 엄마랑 아침 식사는 거르고 일곡도서관으로 이동했다. 9시부터 12시까지 도서관에서 책을 읽고 독후감 쓰다가 밥 먹으러 집에 갔다.

　두 권의 책을 읽었다. '마크 엘스베르크'의 『블랙아웃』과 『5번 레일』이라는 책이었다. 1시간은 독후감을 썼으니 2시간 동안 책을 읽은 것이다. 고작 2권밖에 못 읽었나 할 수 있겠지만, 『블랙아웃』이 『아발론 연대기』만큼 두껍다. 그래서 오전에 다 읽지 못했다. 독후감을 쓸 정도의 줄거리만 파악했다. 그다음 『5번 레일』을 읽었는데, 이것은 간신히 끝까지 읽었다. 그렇게 독서를 마무리하고 각각 독후감을 썼다. 둘 다 기본 20줄을 넘게 썼는데도 한 시간밖에 안 걸렸다. 안타깝게도 글씨체가 볼만했다.

집으로 걸어갔다. 도서관이 집이랑 가깝다. 이걸 도세권이라고 해야 하나? 점심은 간단하게 달걀부침, 멸치, 잡곡밥, 비빔 고추장, 김 에다 먹었다. 밥을 먹는데 밥에서 고소한 맛이 계속 올라왔다. 그래서 엄마한테 물어봤더니 밥그릇에 밥을 담기 전에 참기름을 담았었다고 한다. 씻지 않고 바로 밥을 담아서 밥이 고소했던 것이다. 그렇게 하니까 좀 맛있었다.

밥 먹고 오후에는 엄마 사무실로 갔다. 보통 그곳에서 저녁까지 지냈다. 거기서 영어 공부도 하고 수학 공부도 했다. 영어 공부는 딱히 소개할 것은 없지만, 수학은 할 말이 많다. 수학은 두 가지 방향으로 공부했다. 하나는 5년 학년 심화 문제집을 풀었는데, 교재는『최상위사고력』이었다. 다른 하나는 제 학년 공부를 위해『쎈 6학년 2학기』와『에이급 수학』을 풀기로 했다.

5학년 사고력 수학은 1학기 때부터 해 오던 것이었다.『쎈』과『에이급 수학』은 방학과 함께 처음 시작했다. 책을 펼쳤는데 1단원 내용이 분수와 나눗셈이었다.『쎈』은 기본 문제 위주로 나와서 쉬웠다. 『에이급 수학』은 문제를 이리저리 꼬아서 어렵게 만든 문제들이 많았다. 끝까지 풀기는 했지만, 풀고 나면 머리에 김이 나오는 것 같았다. 여기까지만 보면 공부만 열심히 하는 것처럼 보이지만, 아니다. 무려 일주일에 2시간이나 게임을 할 수 있는, 방학이 주는 특권 있다. 다만 할 일을 끝낸 후 게임 하는 규칙을 정했기 때문에 오늘도 열심히 수학 문제를 푼다.

저녁 시간이 되었다. 저녁을 먹기 위해 도시락을 꺼냈다. 메뉴는 닭고기 김치찜이었다. 닭볶음탕인데, 김치가 들어가 있는 특별한 음식이다. 나는 김치는 뒷전이고 고기에만 젓가락이 갔다. 요즘은 닭 다리보다 날개가 훨씬 맛있는 것 같다. 약간 발라먹는 맛도 있고, 닭 다리와 맞먹는 부드러움까지 있어서 더 맛있는 것 같다.

저녁을 먹고 아빠랑 산책했다. 엄마 사무실이 있는 건물을 기준으로 한 블록을 크게 돌았다. 지나가면서 한 커플이 길고양이를 챙겨 주는 것을 보았다. 그런데 길고양이치고는 이상하다 싶을 정도로 눈곱도 끼지 않았고 털도 윤기가 넘쳤다. 깔끔하고 예쁘니까 사람들이 관심을 보이고 예뻐해 주는 것 같다.

산책을 마치고 게임 1시간을 했다. 이번 주에 주어진 게임 시간을 처음으로 쓰는 것이다. 내가 하는 게임은 '배틀그라운 드'라는 게임인데, 저번 시즌에 에이스에 달성한 적이 있다. 하지만, 지금은 아니다. 학교 다니는 동안 게임 계정이 방치되 었기 때문이다. 지금은 전 단계인 크라운으로 강등되었다. 방학 때 다시 올릴 수 있을지 의문이다.

순식간에 시간이 훅 지나갔다. 벌써 저녁 9시다. 피곤함이 몰려왔다. 얼른 집에 가서 자야겠다는 생각밖에 안 들었다. 가족 모두가 함께 집에 도착했다. 막상 집에 들어오니 잠이 안 왔다. 장수풍뎅이랑 놀다가 자고 싶은데, 내가 키우는 식물에도 물 줘야 하는데…. 생각이 끝이 없었다. 오만 생각이 다 들면서 잠이 안 왔다. 그렇지만 몸이 피곤하니 침대에 누웠다. 침대 옆에 있는 시계를 보니 9시 40분이었다.

오늘은 방학이 시작한 날이다. 나에게는 의미가 있는 날이기 때문에 기념해 주고 싶었다. '기념'이라는 단어를 떠올리니 꽃이 떠올랐다. 나에게 꽃 한 송이를 선물해 줄까 생각했다. 생각만 해도 미소가 지어졌다. 행복한 기분으로 잠이 들었다.

생일만 챙기지 말고 일상에서 나만의 기념일을 만들어 보

작은 아이들의 큰 이야기

자. 그 기념일에 나를 위한 꽃 한 송이 준비해 보자. 거창하게 생각하지 말고 가볍게 시도해 보자. 본인에게만 의미 있는 날을 떠올려 보자. 게임에서 승급했을 때, 계획한 일을 모두 해냈을 때, 어려운 문제를 포기하지 않고 해결했을 때, 스스로 오늘 하루를 잘 보냈다고 느껴질 때, 자발적으로 착한 일을 해서 기분이 좋을 때 등등 내가 나를 칭찬해 줄 수 있는 일은 꽤 많다. 적은 노력이 모여서 우리의 자존감을 높여 줄 것이다.

4-7.
돌 던지기 놀이

2학년 때 잊어버릴 수 없는 일이 일어났다. 날짜는 정확히 기억나지 않지만, 금요일이었던 것은 확실히 기억이 난다. 우리 학교에는 1, 2교시가 끝나면 중간놀이 시간이 주어진다. 중간놀이 시간은 30분이다. 다른 학교보다 많은 편이어서 만족했다. 사건이 있던 그날도 중간놀이 시간에 친구들과 신나게 놀았다.

학교 옆에 작은 산이 있다. 산 옆에는 자갈밭이 있다. 가끔 산 쪽으로 돌 멀리 던지기를 즐기는 아이들이 몇 명 있었다. 그날도 다른 형이랑 친구들이 모여서 멀리 던지기를 하고 있었다. 다들 "내가 멀리 던진다!"라고 말하면서 힘껏 돌을 던졌다. 생각했던 만큼 거리가 안 오면 다음에는 더 힘차게 던졌

작은 아이들의 큰 이야기

다. 누가 멀리 던질 수 있는지 경쟁을 했다.

애초부터 돌을 가지고 놀면 안 되는 것이다. 위험한 일이기 때문이다. 하지만 산으로 던지다 보니 위험해 보이지 않았고, 경쟁하면서 같이 던지는 게 재미있었다. 한 가지 더 위험 요소가 있었다. 그 자갈밭 뒤쪽으로 선생님들의 자가용 차가 주차되어 있었다. 하지만, 우리는 앞쪽으로 던지기 때문에 문제가 없을 거라 생각했다.

'콰지직!'
큰 소리와 함께 우리는 일제히 얼음이 되었다. 누군가가 던진 돌이 차 위에 떨어졌는데, 선루프가 있던 차였다. 그 선루프가 깨진 거였다. 그 당시 여러 명이 마구 돌을 던지고 놀던 상황이었다. 차의 선루프를 망가뜨린 돌을 누가 던졌는지는 알 수가 없었다.

"규민이가 던진 게 맞았어요!" 어떤 여자애가 내가 던진 돌이 차를 맞혔다고 주장하기 시작했다. 작은 돌을 여럿이 가지고 놀았는데, 왜 그렇지 말하는지 황당했다. 하지만, 그 여자애한테 뭐라고 할 경황이 없었다. 차가 깨진 상황에 놀랐기 때문이다. 아마 돌을 가지고 논 친구들 모두 그런 마음이었을 것이다. 마침 중간놀이 시간이 끝나기 직전이었다. 각자 반으로 흩어졌다. 교실로 들어온 선생님의 얼굴이 밝지 않았다. 누가 선생님께 벌써 이른 것 같았다.

"아까 중간놀이 시간에 돌 던진 사람 일어나."

선생님 말씀이 끝나자 서로 눈치를 보면서 뻘쭘하게 일어나는 친구들이 있었다.

"차 깨뜨린 사람 나와."

그러자 저를 제외한 다른 학생들은 앉았다. 결국 나만 일어서 있게 되었다. 다른 친구들이 앉을 줄 몰랐다. 같이 돌을 가지고 놀았는데, 본인들이 안 깼다고 확신할 수 있는지 이해가 안 갔다. 그때 아무런 증거도 없었지만, 누군가가 나를 지목했기 때문에, 나는 '차를 깬 아이'가 되어 버렸다. 이 상황이 이해할 수 없었지만, 내가 돌을 가지고 논 무리에 있었기 때문에 이러지도 저러지도 못했다. 억울했지만 소심한 나는 입이 안 떨어졌다. 속으로만 억울하다고 계속 말했다. 선생님 눈치만 보면서 수업도 못 받고 여기저기 불려 다녔다.

담임 선생님이 엄마에게 연락했는지 엄마가 학교로 왔다. 엄마는 선생님과 이야기를 나눴다. 어떤 상황인지 자세히 알

작은 아이들의 큰 이야기

고 싶어 하셨고, 그 장소에 있던 CCTV를 보자고 하셨다. 불행하게도 전기 공사로 그 시간대가 찍히지 않았다고 했다. 이 문제로 교장 선생님, 담임 선생님, 엄마 셋이서 이야기를 나누셨다고 한다. 놀란 상황에서 엄마가 오자 변호사가 온 기분이었다. 혼날까 봐 걱정도 되었지만, 놀래서 아무 말도 못 하는 나 대신 억울한 점을 풀어 주실 것 같았다.

엄마는 아이들이 안 다쳐서 천만다행이라고 말씀하시면서 위험한 돌을 가지고 논 것을 혼내셨다. 돌을 가지고 노는 것은 매우 위험한 일이라고 몇 번이나 강조하셨다. 그러면서 아이들이 다시는 돌을 가지고 놀지 않도록 그날 돌을 가지고 논 학생들 네 명이 모두 지도를 받아야 같은 위험이 반복되지 않는다고 했다. 자갈돌이었기 때문에 누구 돌에 차 선루프가 깨진 것인지 모르는 상황에서 한 사람이 깬 것으로 정리하는 상황은 아닌 것 같다고 했다. 다행히도 교장 선생님도 엄마랑 비슷한 생각이었다고 했다. 그때 돌을 같이 던지면서 논 친구, 형 부모님들도 엄마랑 같은 생각이어서 문제 해결이 잘되었다고 들었다.

교장 선생님은 우리 네 명을 부르셨다. 처음으로 교장실이라는 곳을 가 보았다. 그곳에는 맛있는 간식이 책상 위에 올려

져 있었고 교장 선생님이 웃으시며 우리를 맞이해 주셨다. 교장 선생님은 이 일이 왜 잘못된 일인지 차근차근 설명해 주셨다. 신기하게도 전혀 혼나는 느낌이 들지 않아서 긴장했던 마음이 조금은 풀렸다. 작은 돌이라도 다시는 가지고 놀면 안 된다고 부드럽지만 단호하게 말씀하셨다. 교장 선생님 말씀에 저절로 고개가 끄덕여졌다. 다시는 자갈돌을 가지고 놀지 말아야겠다.

작은 아이들의 큰 이야기

4-8.
태블릿

　이 물건은 네모난데 각지지 않았고, 모서리가 둥글다. 이 물건을 살 때 색상을 고를 수 있다. 크기는 일반 공책 크기 정도 된다. 만지면 약간 유리를 만지는 느낌이 든다. 이걸 켜면 그 네모난 공책에서 불빛이 나온다. 중독될 수도 있고, 나에게 공부를 가르쳐 줄 수도 있다. 바로 '태블릿'이다. 이것은 나에게는 유혹적인 존재다. 태블릿의 인터넷도 요즘엔 많이 상용화되었기 때문이다.

　예전에는 태블릿이 학교에 있어야 한다는 개념조차 없었다. 학생들도 태블릿의 필요성을 느끼지 못했다. 그런데 코로나19를 계기로 지금은 세상이 많이 달라졌다. 개인 태블릿 시대다. 반마다 태블릿 충전함이 준비되어 있고, 그 충전함에 최신 태블릿이 학생 수대로 준비되어 있다. 학교에서 무상으로 제공해 준 태블릿이다.

4학년으로 올라가는 겨울, 코로나19가 우리의 일상생활을 멈추게 했다. 등교를 못 하다 보니 집에서 수업에 참여하기 위해서는 컴퓨터, 노트북, 태블릿 등과 같은 기계가 필요했다. 모든 학생이 준비된 것은 아니었다. 온라인 수업을 위해 컴퓨터가 집에 없는 아이들을 위해 학교에서 화상 수업이 가능한 최신 태블릿을 무료로 대여해 줬다.

고난이 시작되었다. 선생님들은 꼭 화상 수업으로 해야 하는 수업 외에는 영상 링크를 올려 주셨다. 선생님들이 올린 영상을 보고 소감 2~3줄만 쓰면 수업 참여로 인정이 되었다. 문제는 그 링크가 유튜브 영상이라는 점이다. 이것이 왜 문제냐면, 영상 옆에 붙은 다른 영상들 때문이다. 궁금증을 유혹하는 글과 광고 영상이 가득하다.

'1교시 끝났으니까 딱 한 개만 보고 바로 수업 영상 보면 되겠지.' 하고 클릭한다. 그러면 또 그 옆에 유혹하는 영상이 쭈르륵 올라오고, 본능적으로 또 클릭한다. 딱 하나만 보고 2교시 수업에 참여하겠다는 다짐은 어디론가 사라졌다. 엄마에게

　　　　　　　　　　　작은 아이들의 큰 이야기

들키기 전까지 유튜브에 정신을 온통 팔려 있게 된다. 후회할 때는 이미 늦었다. 시간도 한두 시간 훌쩍 지나 있고, 엄마한 테 신뢰도 잃어버렸다.

점점 친구들 사이에 공부 격차가 늘어나기 시작했다. 공부 할 애들은 스스로 알아서 공부했다. 4학년인데도 6학년 진도 를 나가고 있었다. 공부하기 싫은 애들은 그냥 영상을 틀어 놓 고 자기가 하고 싶은 게임을 했다. 지금 2022년 6학년인 나는 그 결과를 확실히 볼 수 있었다. 은근 모범생 줄에 끼어 있다 고 생각하는 애들 절반은 이미 중학교 진도를 나가 있다. 하지 만 집에서 코로나19 때문에 온라인 수업할 때 놀아 버린 애들 은 진단 평가 때는 무려 한 과목이 40점 이하로 나타났다. 나 의 경우는 중간 포지션이었다. 모범생과도 아니고 그렇다고 공부에 손을 놓은 것도 아니었다. 게임을 하기는 하지만 정해 두고 하기 때문에 다른 시간에는 공부해서 별일 없었다.

이런 상황은 코로나19와 원격 수업 두 개 때문에 일어났다 고 본다. 코로나19 때문에 집에 있을 때 유혹적인 태블릿이 바 로 눈앞에 있으면 집중이 안 된다. 공부를 하려고 해도 태블릿 이 나를 계속 유혹하는 것 같다. "유튜브 딱 30분만 보고 공부 해." 악마의 속삭임이 달콤하게 들린다. 달콤한 유혹의 끝은 항상 후회다. 해야 할 일을 먼저 안 하고, 하고 싶은 일부터 하다가 후회한 적이 한두 번이 아니다.

가끔은 태블릿이 '칼' 같다는 생각이 든다. 용도에 따라 정말 쓸모 있는 물건이지만, 잘못 쓰면 독이 되고 치명적인 피해를 볼 수도 있기 때문이다. 칼의 용도를 생각해 보면 쉽게 이해가 갈 것 같다. 수술실에서는 사람을 살리는 데 필요한 도구고, 요리할 때는 요리 재료를 준비할 수 있게 도와주는 요리 도구가 된다. 나쁜 사람에게는 누군가를 해치는 도구가 되기도 한다. 이게 칼이다. 사용하는 사람이 좋은 의도로 하면 좋은 결과가 나오고, 나쁜 의도로 하면 나쁜 결과가 나오는 것처럼 말이다.

태블릿도 마찬가지다. 내가 필요한 정보를 찾고, 교육용으로 요긴하게 활용하면 더할 나위 없이 좋은 교육용 도구가 된다. 하지만, 유혹에 빠져서 맨날 유튜브나 보고 게임만 한다면 나를 망치는 도구가 될 것이다. 유혹을 피하려고 태블릿을 멀리하는 것은 현명한 답이 아닌 것 같다. 자제력을 길러서 태블릿을 지혜롭게 이용할 수 있도록 노력해야겠다.

작은 아이들의 큰 이야기

4-9.
진로

일을 하더라도 내가 하고 싶은 일을 억압 받지 않고 하고 싶다. 자유롭게 살고 싶다. 만약 내가 20대가 된다면 일단 대학에서 프로그래밍 공부를 해 보고 싶다. 만약 내가 20대를 졸업하고 30대가 되면 이번에는 제대로 프로그 래머가 되고 싶다. 지금도 프로그래밍을 배우고 있지만, 아직 은 원하는 대로 무언가 프로그래밍을 하기는 어렵다.

요즘 '칸 아카데미'라는 사이트에서 프로그래밍을 배우고 있 는데, 이걸로 게임이나 사이트를 만들 수 있는지 의문이다. 또 나는 3D프린터에 관심이 있다. 만약 내가 프로그래머가 된다 면 취미로 3D프린터에 관해서도 경험해 보고 싶다.

내가 프로그래밍에 관심을 두게 된 이유가 따로 있다. 나는 '로블록스'라는 게임을 한다. 그런데 그 게임에 돈을 투자하는 사람과 투자하지 않는 사람의 실력 차이가 너무 심해서 내가 하는 게임이 점점 어려워지고 있다.

그나마 희망적인 사실은 돈 안 쓰고 게임에 투자할 수 있는 방법이 있다는 것이다. 로블록스 유저라면 누구나 그 안에서 게임을 직접 만들 수 있다. 게임을 만들고 누군가 그 게임을 이용하면 돈을 벌 수 있다. 그럼 나는 그 돈으로 게임을 할 수 있다. 문제는 그러한 게임을 만들려면 프로그래밍이 필요하다. 그래서 내가 프로그래머가 되고 싶은 것이다. 로블록스에 쓰이는 게임 화폐를 현금으로 바꿀 수도 있어서 굉장히 편리하다. 현재도 어설프게는 게임을 만들 수는 있다. 하지만, 프로그래밍을 한 번도 사용하지 않으니 게임 규칙도 없고 버그도 자주 일어난다. 이런 일이 일어날 때마다 답답했다.

만약 프로그래머를 할 상황이 안 된다면 다음으로는 운동선수를 하고 싶다. 정확히 어떤 종목을 선택하기가 애매모호하다. 초등학교 1학년부터 2년 동안 축구 학원을 다녔다. 지금은 농구 학원을 2년째 다니고 있다. 운동선수를 하고 싶은데, 무슨 종목을 할지 정하기 어렵다고 엄마에게 말했다. 엄마는 운동선수도 좋지만, 직접 뉴 스포츠 센터를 만들어 보는 길도 있다고 말씀해 주셨다. 나중에라도 하고 싶은 운동을 발견할 수 있으니 조급해하지 말라는 조언도 해 주셨다.

다시 프로그래머 이야기를 하고 싶다. 아마도 아직은 운동 선수보다 프로그래머에 마음이 더 있는 것 같다. 이 글 초반에 나는 내가 하는 일에 억압을 받고 싶지 않다고 말했었다. 그것에 맞는 직업이 프로그래머라고 생각한다. 프로그래밍은 언제든 원하면 할 수 있고, 하기 싫으면 그냥 게임을 한 달 내내 방치해 놔도 별일이 없다.

지금은 로블록스 유저가 30억 명을 넘어선 지 오래다. 몇몇 실력 있는 프로그래머들이 게임을 만들어서 로블록스 유저들이 게임을 활용할 수 있도록 시스템이 만들어져 있다. 만약 로블록스에서 내가 만든 게임이 유명해진 상황에서 밤이든 낮이든 언제나 서버에는 1억 명 정도가 게임을 한다고 가정해 보자. 로블록스 유저가 30억 명이 넘어가니 1억 명 정도는 낮게 잡은 것이다. 그중 1만 명이 내 게임에 5,000원씩 투자했을 경우, 나는 하루에 5,000만 원을 벌 수 있다. 하지만 수수료가 붙어 100%는 아니고 70%만 수익으로 가져갈 수 있다. 내가 프로그래머를 선호하는 이유 중 하나다. 프로그래머는 미래의

핵심 직업이 될 것으로 생각한다.

현재에도 인공 지능 때문에 사라지고 있는 직업이 늘어나고 있다. 하지만 프로그래머는 인공 지능을 만드는 일이기 때문에 프로그래머는 앞으로는 사라질 일이 절대 없을 것이다. 많은 직업이 사라지고 있는 현실에서 프로그래머는 안정적인 직업이 될 것이다.

요즘을 식당에 가면 로봇이 음식을 가져다주는 경우를 자주 볼 수 있다. 심지어 휴게소에서 커피를 타 주는 로봇도 봤다. 프로그래머가 해 놓은 프로그램이 로봇 안에 장착되었기 때문에 가능한 일이다. 만약 로봇 안에 프로그램을 넣지 않는다면, 서빙 로봇은 움직이지 않고 가만히 있을 것이다. 그러면 그것은 로봇이 아니라 고철에 불과하다.

이제 내가 만약 부모가 되면 어떻게 교육할 것인지 생각해 보았다. 우선 나는 영어부터 가르칠 것이다. 모든 프로그래밍은 영어로 이루어져 있다. 현재 프로그래밍 언어가 영어가 아니라 한국어였다면, 나는 이미 로블록스에서 돈을 벌고 있었을 것이다. 영어의 중요성을 느끼는 이유 중 하나다. 그다음 3학년이 되면 내 아이에게 로블록스 계정을 만들어 줄 것이다. 그리고 게임을 실컷 하게 할 것이다. 그러면 언젠가는 게임에 돈을 투자하고 싶다고 말할 것이다. 그때 프로그래밍을 가르치면 좋겠다는 상상을 가끔 한다. 지금까지 말한 대로 내 미래가 이뤄지면 더할 나위 없이 좋을 것 같다.

4-10.
작가가 된다면

"나는 꾸준히 글을 쓰는 작가가 되고 싶다."

엄마가 먼저 글쓰기 수업에 참여해 듣고 있었다. 나중에 엄마가 한번 들어 보라고 권유했다. 처음에는 일기밖에 써 본 적이 없어서 엄마의 권유가 낯설었지만, 궁금하기는 했다. 한번 글쓰기를 배우는 것도 필요할 것 같았다. 요즘은 글 잘 쓰면 사회생활도 잘할 수 있다고 하길래 관심이 갔다. 호기심을 가지고 글쓰기 수업을 들었다.

줌(Zoom)으로 강의를 들었다. 강의에 참여하는 초반에는 어린이가 나밖에 없었다. 이 시기에는 별로 글쓰기를 자주 하지는 않았다. 그냥 참여한다는 데 의미를 두었다. 글쓰기 수업을

작은 아이들의 큰 이야기

3달 정도 듣고 있을 때, 다른 어린이 3명이 들어왔다. 강의하시는 분은 우리 4명을 모아서 '주니어 공저'를 시작했다. 그때부터 본격적인 글쓰기가 시작되었다.

공저하기 전에는 기분이 내킬 때만 글을 썼다. 느낌을 받으면 한 장을 가득 채우기도 했지만, 평소에는 머릿속으로 '써야지!' 생각만 할 뿐 실천을 안 했다. 그러다 다른 주니어들과 공저를 시작하니까 꾸준히 글을 쓰기 시작했다.

내가 글을 쓸 때 가장 신경 쓰는 것은 '비문'이다. 글을 계속 쓰다 보면 자꾸 주제를 벗어나는 경우가 많다. 지웠다 다시 썼다가 계속 반복하다 보니 글 양을 못 채울 때가 많았다. 한 꼭지를 쓰려면 1.5매를 써야 하는데, 나는 한 장도 다 못 채우고 글을 마무리하는 경우가 많았다.

두 번째로 신경 쓰는 것은 맞춤법이다. 고학년인데 맞춤법을 틀릴 때가 있다. 예를 들면, '됐다'라고 써야 하는데 '됬다'라고 쓰는 경우가 종종 있다. 그래도 대부분 글쓰기를 한글 파일로 쓰기 때문에 맞춤법 검사하기 기능을 활용하고 있다. 만약 종이에 글을 썼다면 맞춤법 검사를 못 하다 보니 오타가 많이 났을 것이다.

세 번째로 신경 쓰는 것은 퇴고다. 처음에 쓴 글은 언제 읽어도 엉망이다. 아니, 엉망 정도가 아니라 심각하다. '이거 내가 쓴 거 맞아? 왜 이렇게 썼지? 이게 무슨 말이지?'라는 반응이 스스로 나올 때도 있다. 엉망인 초고를 다듬는 게 퇴고다. 처음 쓴 글을 열심히 수정하고 고치고 하다 보면 글이 처음보다 괜찮아지는 걸 느낀다. 퇴고 과정은 힘들지만, 꼭 필요하고 중요한 과정이다.

한글 파일에 글을 쓰길 잘했다. 만약 내가 글을 공책에다 썼으면 공책이 남아나질 않았을 것이다. 비문 고치고, 맞춤법 수정하느라 지우개로 지우고 다시 쓰고를 반복했을 것이다. 그러면서 종이가 너덜너덜했을 것이기 때문이다.

글을 쓰고 난 후와 게임을 하고 난 느낌은 확연히 다르다. 예를 들어 글을 1시간 동안 썼다고 가정해 보자. 쓰고 나면 가끔 눈이 아플 때도 있지만, 자주는 아니다. 글을 쓴 후 노트북을 덮으면 머리에 글자가 가득한 느낌이 든다. 한마디로 글자를 구현하기 위해 컴퓨터가 윙윙거리며 돌아가듯이 내 머리도 한 편을 글을 쓰기 위해 열심히 돌아갔구나! 하는 느낌을 받는다.

반면에 게임을 한 시간 동안 하고 나면 멍한 느낌이 남는다.

작은 아이들의 큰 이야기

눈도 쿡쿡 쑤시는 느낌이 자주 든다. 게임을 할 때 화면의 색깔 변화가 많으니 눈이 피로한 것은 당연하다. 게임을 하는 도중에는 아무 생각도 안 든다. 머리가 멈춘 느낌이다. 손이 컴퓨터 화면의 변화에 따라 움직일 뿐이다. 다른 생각은 안 든다. 끝났을 때의 느낌만 생각한다면 나는 글쓰기가 더 좋다.

글감을 생각해 내기 위해서 끊임없이 생각한다. 뭔가 영감이 떠오르고 스케치를 해 본다. 그런 다음 자판을 두드려 글을 쓴다. 자주 실천은 못 하고 있지만 나는 글 쓰는 게 좋다. 타자 소리도 좋고 그냥 자판을 두드리면서 생각하는 게 좋다. 앞으로도 일기 같은 글쓰기라도 계속해 보고 싶다.

혼자 한 권을 쓰기에는 아직은 역부족이다. 학교도 다녀야 하고 할 게 많기 때문이다. 그래서 공저로 참여하고 있다. 각자 10개를 쓰면 되는데, 초반 주제는 좀 어려웠다. 후반으로 갈수록 점점 쉬워졌다. 글이 잘 써지다 보니 타수도 쑥쑥 늘었다. 글을 쓰면서 생각도 많이 하게 되었다. 글을 계속 쓰고 싶은 이유이기도 하다. 글이 다 채워지면 흐뭇하고 뿌듯하다. 글쓰기 한 덕분에 보너스로 받는 기분이다. 앞으로도 글쓰기를 계속할 예정이다. 개인 책을 목표로 글을 쓰기보다 꾸준히 쓰면서 모이면 책으로 만들고 싶다.

마치는 글

박시은 박준한 엄마

"글을 쓰며 뒤죽박죽이었던 생각이 정리가 되는 것 같아요."

글쓰기의 매력에 푹 빠진 준한이가 말했습니다. 옆에 있던 시은이도 말합니다.

"글을 쓰려고 추억을 떠올리니 그때가 생각나서 기분이 좋아요."

훌륭한 글을 쓰기 위한 과정이 아니었습니다. 마지막 문장까지 온전히 자신이 느꼈던 감정에 충실하며 써 내려 갔습니다. 그 모습을 지켜보는 내내 흐뭇한 미소를 지었어요. 오랜 시간 정성 들여 쓴 글이 이제 책으로 나오려 합니다. 두 아이가 문장을 고치던 시간과 정성이 고스란히 책 속에 담겨 독자에게 전해지길 바랍니다.

　글쓰기는 마음을 풍요롭게 만듭니다. 자신의 감정을 올바르게 이해하고, 상대방의 마음을 공감할 수 있도록 도와줍니다. 아이들에게 글쓰기를 권하는 이유입니다. 글을 쓰며 내면이 단단해지는 아이들이 더욱 많아지면 좋겠습니다.

　글 쓰는 삶을 시작한 남매에게 이번 공저의 경험은 멋진 도전이었답니다. 모험을 이끌어 주신 이은대 작가님께 감사의 마음을 전합니다.

이준서 아빠

아빠의 기억 속에 준서는….

　어느 날은 퇴근해서 오면 준서가 장롱 속에 숨어 있기도 했어.

　주말이면 너만한 축구공 들고 운동장 가서 축구 해 달라고 떼를 쓰기도 했지!

　김치를 처음 먹고 맵다고 울기도 했단다.

　어느 날은 자전거 보조 바퀴를 빼고 "아빠, 절대 뒤에 잡은 손 놓으면 안 돼!" 하면서 자전거를 배우기도 하고

　학교에서 처음으로 친구랑 주먹다짐하며 싸운 무용담을 늘

어놓기도 했지!

그러더니

중학교에 입학한다고 교복을 사더라?!

또 그러더니,

어느 날 준서가 아빠한테 말했지.

"아빠, 나 여자 친구 생겼어!"

그리고 지금 자고 있는 너의 모습을 보면 생각하게 돼.

'우리 준서가 언제 이렇게 컸지?'

그리고 네 옆에 누워 보고 또 느낀단다.

'진짜 많이 컸구나. 이제는 아기가 아니구나.'

벌써 이렇게 14년이란 시간이 흘러서 준서도 많이 컸구나.

10년 후 준서는 어떤 모습일까?

20년 후 준서는 또 어떻게 더 성장해 있을까?

아빠도 매우 궁금하단다.

아직은 작은 씨앗이지만 10년, 15년 혹은 그 이후에

사람들에게 맑은 공기와 시원한 그늘을 주는 큰 느티나무가

될 수도 있을 테고,

아름다운 향기와 미모로 주위 사람들에게 행복을 주는 장미

같이 될 수도 있을 거고,

우직하고 든든한 커다란 소나무처럼 될 수도 있을 거야.

그렇게 커 가는 이 길 위에 우리 사랑하는 준서가 글을 생각

하고, 책을 집필한다는 것은 아주 중요한 거름이자 영양분이
될 거라고 생각해.

　때로는 속상하거나,

　또 행복하고 기쁠 때,

　너의 소중한 사람들을

　위로해주고 싶을 때,

　글을 쓰면서 힘내면 좋겠어.

임규민 엄마

매주 토요일 아침 9시 30분, 네 명의 아이들이 모니터 앞으로
모여 앉습니다. 5분, 10분, 짧은 미팅이지만 사정 있는 몇 번
을 제외하고 이 루틴을 4년 가까이 실천했어요. 아이들은 성
실하게 참여하며 글 쓰는 일상을 이어 갔습니다. 의미 있는 결
실을 만들어 낸 아이들에게 수고했다는 말과 함께 축하 인사
를 전하고 싶습니다.

　더 나은 인생을 꿈꾸는 사람들에게 읽고 쓰는 삶은 선택이
아니라 필수입니다. 아이의 삶에도 독서와 글쓰기가 한 자리
씩 차지했으면 하는 바람으로 환경을 만들어 주었습니다. 아
무리 좋은 것도 본인이 싫으면 강요할 수 없는 법입니다. 그래

서 엄마인 저부터 읽고 쓰는 삶을 실천했어요. 아이도 글 쓰는 일상에 자연스럽게 스며들 수 있도록 말이지요.

경험해 보니 읽고 쓰는 삶은 축복이었습니다. 이것을 전하는 것이 라이팅 코치로 활동하는 저의 사명이기도 합니다. 삶을 성장시키는 독서를 하고, 삶을 단단하게 만들어 주는 글쓰기를 하는 사람들이 많아졌으면 좋겠습니다.